「死ね、クソババア！」

装幀　坂野公一（welle design）
装画　前田なんとか

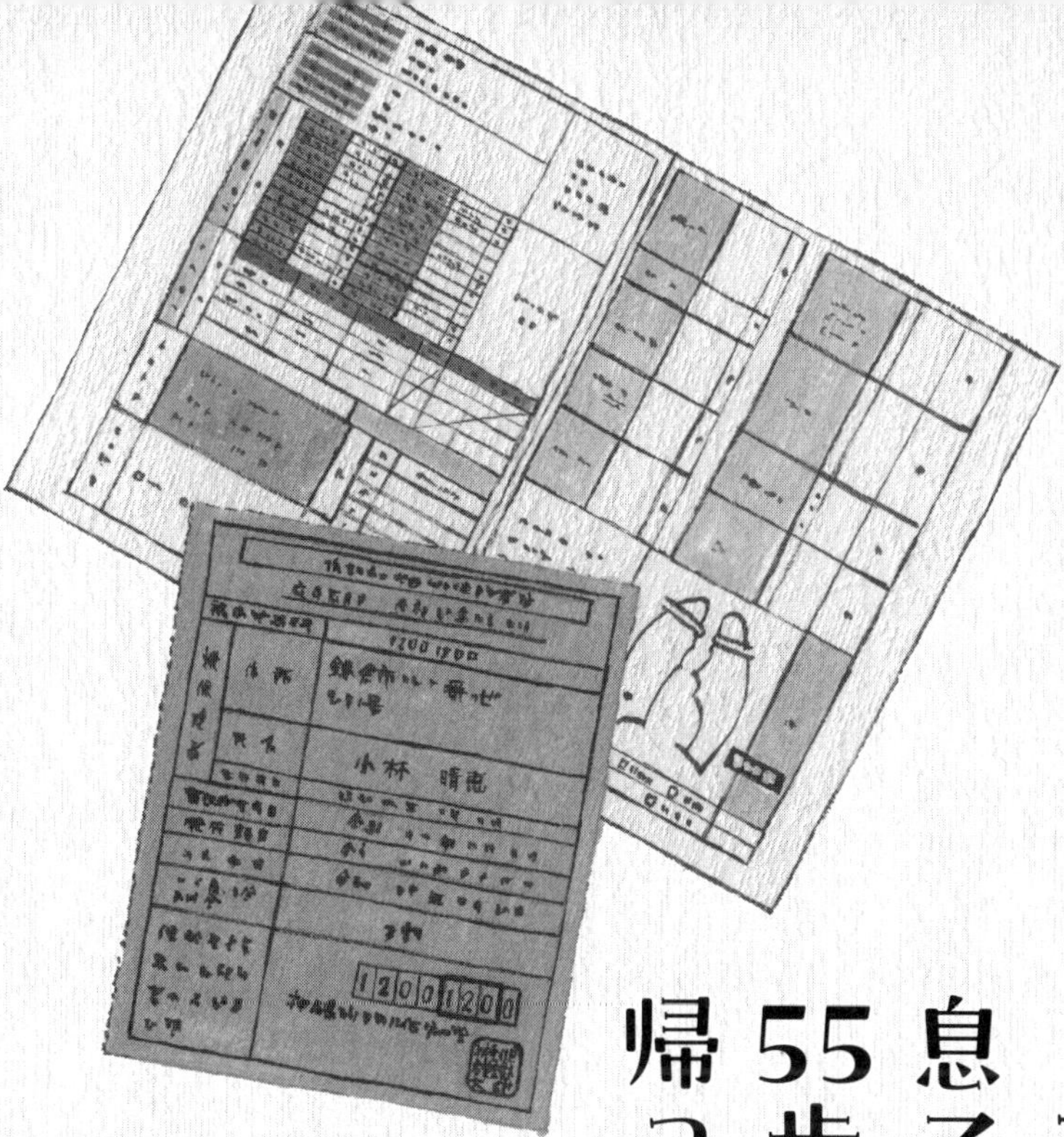

と言った
息子が
55歳になって
帰ってきました

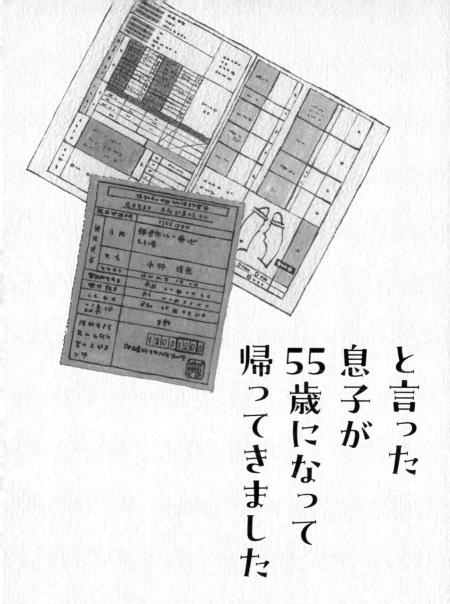

第1章

1

「ハルちゃん、お誕生日おめでとう！　そして、姥捨《うばす》て山へようこそ！」

冗談めかして目尻に皺《しわ》を溜めているのは、小林晴恵《こばやしはるえ》の幼馴染《おさななじみ》『マアちゃん』こと、中野真《なかのま》知子《ちこ》だ。

三ヵ月前、晴恵より一足先に七十五歳の誕生日を迎えたマアちゃんは、今日も、八〇年代に流行《はや》ったDCブランド『ピンクハウス』のゆったりとしたワンピースで、そのふくよかな体を包んでいる。

ガーリーブームとやらで、『最近また若い子の間で人気があるのよ』とマアちゃんは得意げだ。

が、物持ちのいいマアちゃんのワンピースと、街で若い子が着ているそれとは、どことなくラインが違うように見える。

気のせいだろうか、と首を傾《かし》げている晴恵の方は、いつもカットソーやセーターにジーンズか、ブラウスにパンツ。とにかく動きやすいシンプルな服装が多い。

性格も服装も違うふたりは、同じ町内で暮らしており、その付き合いは小学校の入学式にまで遡《さかのぼ》る。

晴恵の家は北鎌倉《きたかまくら》駅からそう遠くない坂道の中腹にあり、マアちゃんはそこから更に三分ほど坂を登った、三叉路《さんさろ》に面する敷地の広い家に住んでいる。

おのずと、登下校も一緒だった。

学生時代は痩せぎすで顎《あご》の尖《とが》った晴恵と、ぽっちゃり体型で顔もお月様のように丸いマアちゃんが一緒にいると、『狐と狸』と言って同級生にからかわれたものだ。

あの頃ならともかく……。

「この年になって、誕生日の何がめでたいのよ」

そう吐き捨てた晴恵は、縁側の床板に直《じか》に置いている菓子器の上に身を乗り出し、マアちゃんの手が高々と掲げているスカイブルーの証書を奪い返した。

「何よ。いいじゃない。ちゃんと見せてよ、ハルちゃんの医療証」

それは先月、晴恵の七十五歳の誕生日の一ヵ月前に市から届いた『後期高齢者医療被保険者証』だ。

コピー用紙よりやや厚く、心持ち光沢がある。サイズはA４の紙を半分に切った大きさで、それを真ん中で折り畳んだ形になっていた。

晴恵の母が持っていたそれは、もっと控え目な色味だったように記憶している。

それだけに、自分に届いた医療証の何とも清々しい青色に、目が覚めるような思いだった。

――ああ、私もついに、これを持つ年になったのか……。

後期高齢者医療制度は、二〇〇八年に施行された。

その頃、夫の扶養に入っていたマアちゃんは、この制度のことを、けちょんけちょんに非難していた。

『これまで一生懸命保険料を払ってきた年寄りから、まだ金を徴収する悪法だ』とか『もうすぐ死ぬんだから年寄りは医療費を使うな、と言わんばかりに差別している』とか言って。

実際、他の保険制度から切り離された後期高齢者医療制度は、日本中で『現代の姥捨て山』と揶揄《やゆ》された。

ところが、二年前、マアちゃんを取り巻く状況が変わった。

彼女の夫が亡くなり、遺族年金で生活するマアちゃんの場合、新制度で徴収される保険料の方が安いことが判明したらしい。

「とにかく、めでたいじゃないの。今日からハルちゃんも、整形外科に行き放題よ？」

かつては、廃止運動の急先鋒だったマアちゃんがにんまり笑う。

運動と言っても、近所の知り合いに『ひどい話だよね』と政府批判をして回る程度の、地道な草の根活動だったのだが。

「は？　大して痛い所もないのに、毎朝、並んでまでクリニックに行くなんて、気が知れない」

マアちゃんのルーティーンを鼻先で笑った晴恵は、湯呑みに手を伸ばし、少しぬるくなってきた玄米茶を飲み干す。

「バカねえ。痛くなくても、肩やら腰やらを揉んでもらったら気持ちいいじゃないの。首やら腰を引っ張ってもらったり、電気を当ててもらったり、温めてもらったりして、最後にマッサージまでしてもらって、たった百十円よ？」

それは一般的な七十五歳以上の年金生活者の場合、窓口負担が一割だからだ。残りの九割を誰が負担しているのかを、マアちゃんは考えない。

「バカはどっちよ。そんな無駄遣いする年寄りが多いから、日本の医療財政が逼迫《ひっぱく》して姥捨て山制度ができちゃったんじゃないの。それでも『大赤字』だって、新聞に書いてあったわ」

年金生活者となった自分たちは生産性が低い、或いは皆無だ。だったら、せめて国庫に負担をかけないよう、慎《つつ》ましい生活をしなくてはいけない。それが晴恵の考え方だ。

だが、マアちゃんは負けじと、酒饅頭のような顔を桃饅のように上気させて言い返す。

「そりゃあそうかも知れないけど、この年になってもまだ、保険料を払わされてるんだから、ちょっとぐらい無駄遣いしたっていいじゃないの。みんなが百十円で気持ちいい思いをしてるのに、私だけ我慢するなんて損だわ」

ふたりの会話はいつも、理論と感情論のぶつかり合いだ。

「あのねえ……」

医療制度について説明しようとする晴恵の言葉を躱《かわ》すかのように、マアちゃんが、

「そう言えばさ」

と、お互いをバカ呼ばわりし合った直後とは思えない素早さで、サラッと話題を換えた。

マアちゃんはディベートでは晴恵に勝てないと知っている。だから、自分が不利になってくると、その話題は深追いせず、すぐに別の話を持ち出す。それが彼女の常套《じょうとう》手段だ。

だが、どうでもいいような町内の噂話から、芸能人のゴシップネタ、政治家のスキャンダル

まで、その引き出しの多さに、晴恵はしばしば舌を巻く。

「ここに来る前、郵便局へ行ったのよ。そしたら、キャッシュ・コーナーの傍に若い警察官がいてね」

「ああ。最近、あの辺りで、よく警官を見かけるわね」

「そうなの。その警察官が、どこに振り込みですか？　電話で誰かに指示されて来たんじゃないですか？　って聞くわけよ」

マアちゃんは膝の上で薄皮饅頭を包んでいるセロハンを剝がしながら、眉間に皺を寄せている。

「例のアレよ。年寄りがよく引っ掛かる、振り込め詐欺ってヤツ。アレに騙されてるんじゃないかって、遠回しに聞いてくるわけ」

そこで言葉を切ったマアちゃんは、怒りに任せるように、小ぶりな饅頭を口に放り込んだ。そして、話の続きを待っている晴恵を後目《しりめ》に、ゆっくり饅頭を咀嚼《そしゃく》し、優雅にお茶を飲んでから口を開く。

「だからね、私、言ってやったのよ。『私が詐欺に引っ掛かるような間抜けな老人に見えるのか！』って」

そう言って嚙《か》みついてやったら、若い警察官は目を白黒させていた、とマアちゃんはさも愉快そうに笑っている。

「ふうん」

晴恵はおざなりに相槌《あいづち》を打った。マアちゃんと一緒になって笑うことができないまま。

晴恵は、もしかしたら自分は『振り込め詐欺』に引っ掛かるかも知れない、と常々危惧《きぐ》している。

今年五十五歳になる息子の達彦《たつひこ》とは、彼が大学進学を機に、十八歳でこの鎌倉の家を出た時からずっと疎遠になっている。

振り込め詐欺のニュースを見る度に、冠婚葬祭の時にしか顔を合わせなくなった息子らしき男から、焦った口調で『仕事でミスをして、穴埋めするための金が必要になった』と頼ってこられたら……。

——私はお金を用意してしまうかも知れない。

息子の達彦が赤ん坊だった頃の泣き声や、幼児の頃の舌足らずな喋り方、声変わりが始まった頃の痛々しいほどかすれた声はよく憶えていた。が、最近の達彦の声がどんなものだったのか、全く思い出せないのだ。

周囲の反対を押し切って二十歳で結婚した晴恵は、二年足らずで離婚し、達彦を連れてこの実家に戻ってきた。

それは達彦が物心つく前のことだ。

急に環境が変わったせいだろう。物音に敏感になり、それまで以上にむずかるようになった。

やがて、自分には父親がいないのだと認識するような年になると、『この子はマザコンかも知れない』と思うぐらい、いつも晴恵に付きまとうようになった。家族でも急にいなくなることがあるのだと知って、母親もいつ自分の傍からいなくなるかわからない、と怯《おび》えているみたいに。

中学二年生になった頃からだろうか、『将来は医者になって、母さんに楽をさせるから』というのが口癖になった。

その気持ちだけで嬉しかった。

高校生になってからも、休日の買い物には必ずついてきて荷物を持ってくれた。

仕事で遅くなった日や、急に雨が降った日には、駅まで迎えに来てくれることもあった。

そうやっていつも一緒だった達彦と晴恵が疎遠になったきっかけは、進路をめぐる意見の食い違いだ。

勉強が好きで努力家だった達彦は、小学生の頃から成績が良かった。

高校三年生の時の担任は、国立大学医学部合格に太鼓判を押し、模試の合格判定も上々。

達彦が医者にさえなれば、奨学金もすぐに返せるだろう、と高をくくり、申請の準備も始めていた。

ところが、達彦は大学に願書を出す段になって、急に進路を変えた。理工系学部の修士課程まで行って、研究者になりたいと言い出したのだ。しかも、卒業後の就職については『わからない』という。

白衣を羽織り、白い巨塔を闊歩《かっぽ》する息子の姿を思い描いていた晴恵にとっては、まさに寝耳に水。

不意に、薄暗く狭い研究室で顕微鏡をのぞいている我が子の姿が脳裏に浮かび、わけもなくゾッとした。

洋々たる前途。安定した収入。周囲からの尊敬。全てが吹き飛んだ瞬間のような気がした。

手続きの準備をしていた返済が必要な奨学金は、息子の将来の負担になるかも知れない、と考え、申請を躊躇《ちゅうちょ》した。

達彦はもともと口下手で、神経質なところのある子だ。気に入らないことがあると、黙り込んでしまう。

結局、進路を変えた理由をきちんと語ることはなく、『他に勉強したいことができたのだから仕方がない』の一点張り。

どうしても納得がいかず、息子の医学部進学を諦めきれない晴恵は、難関国立大の工学部に合格した達彦に『おめでとう』と言えなかった。

そして、その年の四月のあの日……。

大学の学生寮に入ることになった達彦を送り出したあの日……。

晴恵は玄関にいた達彦に、

『お前が医者になるためだと思って、これまで身を粉《こ》にして学費を貯めてきたのに。学者なんて大したお金にならないんでしょ？　そんなことのために六年も学費を払うなんて馬鹿馬鹿しい』

と、未練がましいことを言ってしまった。

失望を隠せない晴恵に、玄関でスニーカーを履《は》こうとしていた達彦が怒鳴った。

『死ね、クソババア！』

晴恵はその時の達彦の顔が忘れられない。

もどかしそうに歪《ゆが》んだ口許。怒っているというより、心底悲しそうに潤《うる》んだ目。

その顔を見た途端、何も言い返せなくなった。

それまで、達彦がこんな風に誰かを口汚く罵る場面を想像したこともなかった。そんな我が子から、クソババア呼ばわりされたことは衝撃的だった。しかも、本人のためを思って助言したのに……。そう思うと、絶対に許せなかった。

「誰がここまで大きくしてやったと思ってるの⁉」

出て行く背中に怒鳴ったが、達彦は振り返らなかった。

一年後、音信不通だった達彦から、学生寮を出てアパートを借りる、と、葉書で新しい住所を知らせてきた。

しばらくしてから、葉書の住所を頼りに、こっそり様子を見に行った。

達彦が転居したアパートを下から見上げると、狭いベランダで、洗濯物を干している女子大生風の女の子がいた。顔は見えなかった。が、白いニットのベストに膝丈のプリーツスカートを合わせた、その後ろ姿を見る限り、いわゆるアイビールックを着こなすお嬢様風に見える。

――あの無口で神経質な達彦を、好きになってくれる女の子がいたんだ……。

安堵《あんど》する一方で、我ながらおかしな感覚だが、恋人を奪われたような気持ちにもなった。

――もう私の出る幕はない。私にできることは、学費を稼いで、振り込んでやることだけだ。

それを思い知ったような気持ちになった晴恵は、二度とそのアパートへは行かなかった。

それから五年、達彦は夏休みでさえも、実家に戻ることはなかった。

晴恵にとっては、倹約し、達彦の修士課程が終わるまでの学費を振り込むだけの六年間だった。

達彦は修士課程修了後も大学に残り、今も新素材の研究開発とやらを続けている。

冠婚葬祭の時にだけは互いに連絡をとり、最低限の義理を果たしている。遠い親戚のような付き合いだ。

晴恵が最後に達彦に会ったのは三年前のこと。

新型コロナウイルスに感染した乗客を乗せたクルーズ船が、横浜港に入った前の年だ。

その年の四月、達彦の娘、晴恵にとっては孫にあたる穂香《ほのか》の結婚式に招待された。

東京駅に隣接する有名ホテルの一番広い会場に、大きな円卓が二十以上並ぶような盛大な披露宴だった。

晴恵とその母は達彦夫婦、そして両家の親族と共に出入り口に近い親族席に座り、同じテーブルの親族全員とお祝いの言葉を交わした。

が、達彦との会話は無かった。

半年後、ひ孫の晴れ姿を見届けて安心したかのように、晴恵の母が逝った。

そのため、クソババア発言から三十数年もの間、片手でも余るほどしか会っていなかった達彦と、その年は二度、顔を合わせることになった。

とは言え、通夜と葬儀の打ち合わせで、必要最低限の言葉を交わしただけ。

わだかまりが残っているというより、もうお互いに距離感がわからない、という感じだった。

自宅でひっそり行った一周忌と三回忌の法事の前にもそれぞれ案内を送った。が、達彦は顔を見せなかった。葬儀と通夜の時、よっぽど気まずかったのだろう。

代わりに、妻の雅代《まさよ》が手配したらしい仏前用の花と、高級そうな菓子折りだけが届いた。

この先、もう息子に会うこともないのだろうか。そう思うと、さすがに寂しい。

——親とは一体、何なんだろう……。

息子の声も思い出せない今日この頃、しみじみそう考えることがある。


「そう言えばさ」

不意にまた、マアちゃんが話題を換えた。

しんみりと記憶を辿《たど》っている晴恵を見て、振り込め詐欺の話題は今ひとつ盛り上がらない、と判断したようだ。

「ハルちゃんは、これからもずっと、ここに住むつもりなの?」

マアちゃんが家の中を見渡して尋ねる。

「これからも、とは?」

おかしなことを聞くものだと思いながらも、晴恵もマアちゃんに倣い、二間続きになっている奥の和室に目をやった。仏壇にはまだ新しい、母の位牌《いはい》が鎮座している。

「確かに、母がいなくなってからの一戸建ては、何となく殺風景で寒々しい気はするけど……。私には、ここ以外に住む所もないしねえ」

すると、マアちゃんはなぜか得意げな顔になって、話を続ける。

「ここしかない、っていうのは思い込みよ」

「は? 思い込み?」

「私は四十五で脳梗塞《のうこうそく》をやったけど、あれから三十年、全く病気知らずで、今日まで来たわけよ」

「あれからもう、三十年かあ……」

実際、マアちゃんが倒れたと聞いた時、にわかには信じられなかった。

前日、買い物に行こうとして家を出たところでマアちゃんに捕まり、二時間近く立ち話ができるほど元気だったからだ。

「あの時は本当に驚いたわ。脳梗塞だなんて年寄りの病気だ、何かの間違いだ、って思いながら、急いで病院へ行ったっけ」

駆けつけた病院の一室で、左半身が麻痺した状態のマアちゃんを見て茫然とした。

左側の眉から口角までがだらりと下がり、左手は固まったようになっていた。

そして、つい昨日までマシンガンのように喋っていたマアちゃんの口は、呂律《ろれつ》が回っていなかった。

しかし、発見と治療が早かったこともあり、マアちゃんは三ヵ月のリハビリを経て不死鳥のごとく復活し、後遺症は全く残らなかった。

いや、これまで以上に、やりたいことを我慢できなくなった、という後遺症だけが残った。

『だって、人間、いつ死ぬかわからないじゃない？』という口癖を免罪符にして。

「この調子だと、私は百歳ぐらいまで生きてしまうんじゃないかと思って。そうなると、あと二十五年も余生があるわけよ」

いつもは『人間、いつ死ぬかわからない』と言う同じ口で、あと二十五年も生きそうだと言うマアちゃんは真顔だ。

だが、マアちゃんの両親、中野のおじさんとおばさんはふたりとも、八十代半ばで亡くなった、と晴恵は記憶している。

突然変異的に特別長命の遺伝子を持っていない限り、マアちゃんの余命は、あと十年ほどかも知れない。

一方の晴恵は、両親ともに九十五歳以上まで生きた長生きの家系だ。

自分が両親と同じ遺伝子を受け継いでいるとしたら、あと二十年ほど独りでここに住むことになる。

――この先、二十年、ずっとここで独りなの？

暗然として、晴恵は築百年近い家の中を眺める。

生い茂る庭木のせいで、日が傾くと、家の中はすっかり暗くなり、室温もぐっと下がる。

「言われてみれば、あちこち老朽化も進んでるし、この家は、あと二十年ももつのかしら……」

急に不安になった。

特に気になるのは、二ヵ所。歩くとギシギシ鳴り、強く踏み込むとふわふわする箇所のある廊下。それから、この夏の台風で壊れた雨樋《あまどい》だ。

「床の張替えと樋の修理。一体、いくらぐらいかかるんだろ」

息子が大学院を卒業するまでは学費がかかった。

が、それ以降も、何の贅沢もせず、コツコツ貯めた定額貯金が二千万円ほどある。

晴恵の持ち物はその通帳と、まだ父親名義のままの、この一戸建てだけ。

「二十年か……。考えてみれば長いわね。『老後に必要な資金は千五百万円だ』って、誰かが言ってたけど、それは何歳まで生きることを想定してるのかしら」

思わず晴恵が漏《も》らした疑問に、マアちゃんは皮肉な笑みを浮かべる。

「世の中、何が起こるかわからないのに、私たちの老後の資金にいくら要るかなんて、どんな占い師にだって言い当てられないでしょ」

「いや、そういう計算をするのは占い師じゃなくて、ファイナンシャル・プランナーとか、そういう人たちだよ」

「ファ、ファインナン？　何、それ？」

マアちゃんはぽかんとしている。だが、マアちゃんが言うことにも一理ある。

「確かに、世の中、何が起こるかわからないわ。三年前、私は母が退院できると思ったから、バリアフリーとやらも含めて、家を住みやすく修繕しようと思ったのよ」

母の検査結果を見た主治医が、『来週には退院できますが、退院後、お母さんは車椅子での生活になります』と言った。だから、手始めにトイレの改装を始めたのだ。

「そうそう、そうだった」

マアちゃんが膝を叩く。

「それなのに、おばさん、退院予定日の朝、亡くなっちゃったのよね……」

急変の連絡を受けた晴恵が、病院に駆けつけると、既に母親の意識はなかった。それでも、娘が来るのを待っていたかのように、数分後、眠るように亡くなった。

主治医が、『退院できます』と言ったのと同じ口で、『老衰による心不全です』と言って、慇《いん》懃《ぎん》に頭を下げた。

まさに一寸先は闇。

「やっぱり、リフォームするより、お金を持っておいた方が安心なような気もする」

考え込む晴恵に、マアちゃんが、

「ねえ、ハルちゃん。そこで相談なんだけど。一緒にここに入らない？」

と、手提げから出してきたのは老人ホームのパンフレットだった。

マアちゃんの家は晴恵の家より新しく、広くて住みやすそうだ。その上、何かあれば頼れる息子夫婦が、すぐ隣に住んでいる。

「え？　なんで？」

「最近、何だか家に居づらいんだよね」

マアちゃんの顔は笑っているが、言葉は溜め息交じりだ。

「ひとり暮らしなのに？　居づらい、の意味がわからないんだけど」

晴恵が駆け落ち同然で結婚したのと同じ年、中野家のひとり娘であるマアちゃんは、親の勧めで見合いをした。

お相手は、同じ町内で金物屋を営む家の三男坊で公務員。中野家の養子に入ってくれることが前提のお見合いだった。

その養子さんが二年前に急逝し、マアちゃんは息子の恭介《きょうすけ》と、そのお嫁さんとの三人暮らしになった。

三人暮らしと言っても、息子夫婦は中野家の広い敷地の隅に、こぢんまりとした別棟を建てて住んでいる。

勝ち気なマアちゃんは、息子の扶養に入ることを良しとせず、同じ敷地内に住んでいながら、別世帯を貫いている。

劇的な駆け落ちから二年足らずで実家に出戻ってきた晴恵は、そんな中野家の悲喜こもごもを、五十年以上、同じ町内で見守ってきた。

「養われてるわけでなし、世話をされてるわけでもなし。ご飯もお風呂も別々なのに、何の気兼ねもないじゃないの」

「それがね。嫁が言うのよ。『お義母さん、母屋は広すぎて、お掃除が大変じゃないですか?』って」

それも、玄関の下駄箱を薄いベールのように包んでいる埃《ほこり》を、人差し指でスーッと撫でながら、嫌味っぽく言うのよ、とマアちゃんは怒りで鼻の孔《あな》を拡げる。

「嫁いびりの定番を姑《しゅうとめ》相手にするなんて、末恐ろしい嫁だよ、ほんとに」

「まあ、あれだけ広いと、確かに掃除は大変だよねえ」

マアちゃんが住んでいる母屋は、大きな二階建てだ。掃除機をかけるだけでも大変そうだ。

が、晴恵はマアちゃんが掃除機をかけているのを見たことがない。

綺麗好きだった養子さんが亡くなってから、マアちゃんの家はどんどん埃っぽくなっている。

「私はアウトドア派だから、家にこもって掃除してる暇なんてないのよ」

マアちゃんが言う『アウトドア派』とは、家でじっとしていない、という意味であり、キャンプや山登りを好むという意味ではない。守備範囲はもっぱら町内、それも主に自宅前の坂道周辺だ。

「いっそ母屋を売って、老人ホームにでも入ってやろうかと思ってるの」

だが、息子の恭介に対して宇宙一過保護なマアちゃんが、あの家を離れるはずがない、と晴恵は確信している。

「あの嫁は、遠回しに『母屋を譲れ』って言ってるのよ」

マアちゃんの息子、恭介は達彦と同い年の五十五歳。

今は横浜市内にある美容室の雇われ店長だ。過去には独立して店舗を持ったこともある。が、放慢経営のせいで借金だけが残った。

この恭介、経営者としての才能はなかったようだが、女性を虜《とりこ》にする才能だけは、ずば抜けているらしい。昨年、四回目の結婚をした今のお嫁さんは、恭介より三十歳年下の二十五歳だという。

「あんな嫁に財産を渡すぐらいなら、いっそ市に寄付した方がマシだわ」

恭介には子供がなく、このままいくと、中野家の財産は間違いなく、若い嫁の物になる、とマアちゃんは危惧している。

「ほんと、若いって怖いわね。何でも言えちゃうんだから」

マアちゃんは頰を膨らませる。

「何でも言えるのは単に性格で、年齢には関係ないんじゃない？　恭ちゃんは、はっきり物が言える、お母さん似のお嫁さんをもらったのね」

そう言って晴恵はけらけら笑った。

が、マアちゃんは、丸い顔を更に膨らませた。

「似てるわけないでしょ！　私とあの嫁が！　いくらハルちゃんでも、言っていいことと悪いことがあるんだからね！」

「え？　何、怒ってるの？」

息子の選んだ女性と、母親である自分が似ている。

それは喜ぶべきところだ、と晴恵は思う。

達彦は晴恵と違って学歴のある、何をやってもそつのないキャリアウーマンを妻に選んだ。

それは母親に失望している証拠だ、と晴恵は思っている。

が、マアちゃんは、自分と嫁が似ていると言われたことに憤慨している。

「私があの嫁に似てるだなんて、ほんと失礼しちゃうわ！　もう帰る！」

勢いよく立ち上がったマアちゃんが、プイッとソッポを向いて和室を横切る。

玄関の方へと遠ざかっていく足音が、明らかに怒っていた。

経年劣化が著しく、今にも抜けてしまいそうな廊下の床をドスドスと踏み鳴らし、玄関のドアがバタン！　と激しく閉められる音がした。

ひとり残された晴恵が呟く。

「今ので、雨樋が落ちたかも……」

それでも、晴恵は何もなかったように、鎌倉彫の盆の上の急須に手を伸ばし、すっかり冷めた玄米茶を湯呑みに足した。

彼女が落ち着き払っている理由は、明日になればケロッとした顔で、マアちゃんが遊びに来るとわかっているからだ。

「どれどれ……」

マアちゃんが持ち込んだパンフレットは、湘南にある豪華な老人ホームのものだ。

「へええ。まるで高級ホテルね。各個室バストイレ付き。医師と看護師が二十四時間常駐。フィットネスジム、温泉を併設。介護付き、緩和ケア・終末期医療付き……」

読み上げたパンフレットは気軽な見学を促すばかりで、料金はどこにも書いていない。

この家を売り、貯金もはたいて、毎月の年金を注ぎ込んだとしても、こんな所に二十年も入るのは無理だ。きっと半年ぐらいで破産して、追い出されてしまうだろう。

――こんな所で誰にも迷惑をかけず、最期の時を迎えられたら理想的だけど……。

どう考えても、自分には贅沢過ぎる別世界の話だ。

「さて、夕飯でも作ろうか」

ひとりきりになった縁側で、晴恵は誰に言うでもなく宣言し、腰を上げた。

2

「ハルちゃーん！」

翌朝九時。

今日も玄関で、中野真知子の元気な声がする。案の定、昨日のことはなかったかのように。マアちゃんの耳の後ろにあるホクロは、記憶をリセットするボタンに違いない。小学生の頃の晴恵は、本気でそう思っていた時期がある。

さすがに今は、そんなボタンが幼馴染についているなどとは思っていない。

が、喧嘩別れしたかと思うと、次の日には何もなかったように、こうして誘いに来てくれる。それは昔も今も変わらない。

素直に謝ることが苦手な晴恵は、マアちゃんの根に持たない性格にずっと救われてきた。が、それを口に出して感謝したことはない。そんな発言をしようものなら、マアちゃんは真顔で『ハルちゃん、熱でもあるんじゃない？』と晴恵の額に手をやるのが目に見えているからだ。

「ハルちゃん！　今日はマスターの日よ！」

何かあった時のために、と預けている晴恵の家の鍵を使い、勝手に家に上がり込んでくるマアちゃん。

マアちゃんが言うマスターの日とは、町内にあるフィットネスクラブの有料会員が同伴する知人が、無料で施設を利用することができる、いわゆる無料体験日のことだ。ただし、同伴者は七十歳以上に限られている。

働き盛りの会員による施設利用は主に夕方以降、そして土日に集中する。おのずと、その時間帯は利用客で混雑するようだ。利用客を増やしつつ、利用時間の平均化を図るため、クラブは平日の昼間に時間を持て余している年寄りを、ターゲットにしているのだ。

マアちゃんはこのジムの平日会員で、毎週月曜には必ず、ジムへ行こう、と晴恵を誘いに来る。

「私は体験ばかりで一向に入会しないから、ジムのスタッフも、いい加減疎《うと》ましく思ってるんじゃないの？」

晴恵は母親が亡くなって以降、時間を持て余すようになった。それで、マアちゃんに誘われるがまま、気づけば二年以上、月四、五回の無料体験を続けている。

「大丈夫、大丈夫。体験に来る人の顔なんて、いちいち憶えてないって」

マアちゃんは豪快に笑い飛ばす。

「私、もう五十一回も体験したんだよ？　どんなに記憶力の悪いインストラクターだって、さすがに憶えてるでしょ」

「へぇえ！　五十一回？　もうそんなに行ったっけ？　ま、いいんじゃないの？　無料体験の回数に上限はないんだから」

マアちゃんは非常識としか言いようのない体験回数に、素っ頓狂な声を上げたくせに、「クレームをつけられたら、上限回数を設定してないフィットネスクラブ側の落ち度だ、って言ってやるわ」と、息巻いている。

もちろん、晴恵もクラブへの本入会を幾度となく考えた。

だが、長い間、自分への投資というものをしてこなかったせいか、なかなか決心がつかない。入会金の三万円と、月々の平日会費一万円が惜しいのだ。

——私ひとりが贅沢するよりは、母とふたりで美味しいものを食べた方が……。

そう考えかけては、一緒に外食する母親がもうこの世にいないことに気づいて、ハッとする。この不意打ちのような喪失感には、なかなか慣れることができない。

「何か言われたら、私がガツンと言い返してやるから、行こ」

「ま、何か言われたら、その時が入会のタイミングだと思って、私もマアちゃんと同じデイ会員になるよ。健康寿命のための投資だと思って」

そう言って、晴恵は今日も、リュックにタオルや着替えを詰め込んだ。

こうして晴恵は、五十二回目の無料体験に臨んだ。

フィットネスクラブと言っても、それほどの高級感はない。入口はちょっと小ぎれいな健康ランドのような雰囲気だ。

晴恵はマアちゃんの陰に隠れるようにして、そそくさと靴を脱ぎ、下駄箱に入れる。

こんな肩身の狭い思いをしてまで来てしまうのは、体を動かせばスッキリするし、マアちゃんと一緒にいるのが楽しいからだ。

かといって、会員になってしまうと、いつでも来られるという油断から、むしろ通わなくなってしまうような気がしている。

――けど、そろそろ無料体験も潮時だな。

そう思いながら、晴恵は下駄箱の鍵を抜いた。

受付へ行ったマアちゃんが、何食わぬ顔で受付に会員証を出し、

「お友達の体験も、お願いしまーす」

と、申し込み用紙を要求している。

カウンターの向こうに立っている中年の受付女性の目が、ちら、と晴恵の方を見た。

その顔が、晴恵には『また来たのか』と言っているように見えて仕方ない。

それでも、マアちゃんは堂々と申し込み用紙を受け取って、晴恵に渡す。

「早く書いてね。ロッカールーム、混んじゃうから」

晴恵はロビーの隅に置かれているソファに座り、申し込み用紙に住所、氏名、体調などを記

入する。

五十二回目ともなると、目を瞑《つぶ》っていても書けそうだ。

「今日はプールから行こうかね」

どすん、と向かいのソファに座ったマアちゃんが、ブックスタンドから抜き取った印刷物を片手に呟《つぶや》く。

そこには学校の時間割よろしく、横軸に曜日、縦軸に時間帯、そして、それぞれのマス目には、エアロビクス、ストレッチ、リズム体操といった、その時に開講しているレッスンのクラスが書かれている。

晴恵は受付に提出した申し込み用紙と引き換えに、ブレスレットタイプの鍵を渡された。

「こちら、ロッカーの鍵になります」

最初の頃はロッカーの使用方法などを懇切丁寧に教えてくれた受付嬢だが、今は何の説明もない。

「さ。行こう、行こう」

晴恵はマアちゃんの後ろについて、エレベーターに乗り、二階にある女性用のロッカールームへ入る。

中には晴恵たちと同じ年ぐらいか、それより上に見える年齢層の女性たちで既にいっぱいだ。

「だんだん混んできたね」

晴恵が薄手のカーディガンを脱ぎながら、周囲を見渡す。

「これでもコロナ前よりは、だいぶ減ったんだけどね」

晴恵がこのジムに通い始めたのは、第一波が落ち着いた後だ。

その後、感染症の大波が寄せては返すたびに、施設は閉館と開館を繰り返した。

今は緊急事態宣言も解除になって、経済を回しながら感染対策を行っていくという政府の方針もあり、スポーツ施設も諸々の規制が取り払われている。

だが、まだ全盛期の頃のような賑わいはない、とマアちゃんは言う。

「さ、プール、プール」

明るいプールサイドでは、既に十人ほどの高齢女性たちが手首や足首を回している。

皆、晴恵やマアちゃんと同じ、半袖、膝上までの長さがある水着を着ている。

やせ型、ぽっちゃり型、と体型はさまざまだが、いずれも『くびれ』が無い。

初めてここへ来て数十年ぶりに水着になった晴恵は、鏡に映る自分の腰回りをしみじみ眺め、いつの間にくびれが無くなったのだろう、と首を傾げたものだ。

そう言えば、風呂場の劣化した鏡を撤去して以来、自分の全裸をまじまじと見る機会がなかった。

そんな後期高齢者体型を、半袖膝上水着はカバーしてくれる。

「皆さん、おはようございます！」

その時、ほっそりとした、それでいて程よく筋肉のついている若い男性インストラクターがプールサイドに現れた。

掃き溜めに鶴。

この若者をここで初めて見た時、晴恵の頭の中に、自然とその言葉が浮かんだ。

「これから、アクア・エクササイズ中級コースを始めます。本日の担当は、インストラクターの二宮《にのみや》です。皆さん、準備体操はお済みですかー？」

アクア・エクササイズというのは、水中で行うエアロビクスのようなものだ。

水中で体を動かすことで、膝や腰への負担は軽減されつつ、筋肉には適度に水の負荷がかかる。年寄りにはもってこいの運動だ、と晴恵も気に入っている。

「やった！　二宮コーチ！　今日は当たりだ！」

マアちゃんが色めき立った。

彼女の情報によれば、アクア・エクササイズの講師はふたりだけ。

このすらりとした二十三歳のイケメンと、沢崎《さわざき》という名の、ごついマッチョ体型の色黒中年男性のどちらかだ。

「インストラクターに、見た目は関係ないと思うけどねえ」

ただ、裏で『かりんとう』とあだ名されている中年コーチの沢崎は、たまにしか来ない女子大生にばかり親切で、老女に対してはどこか冷たく、事務的だ。

が、二宮コーチは年齢を問わず、どんな生徒にも分け隔《へだ》てなく優しい。教え方も熱心で丁寧だった。

マアちゃんは二宮コーチを見て、ほうっ、と熱い溜め息をついた。

「お肌ツルツルの綺麗なコーチが、半裸で手取り足取り教えてくれるんだもの。極楽だよね。眼福、眼福」

今にも拝み出しそうな勢いだ。

「半裸って……。ただの水着だけどね」

だが、後期高齢者になっても色気があるのは、マアちゃんだけではない。

軽快な音楽が流れる中、晴恵の前でキビキビと体を動かしていた八十歳ぐらいの女性が、

「二宮コーチ！　ステップがよくわかりませーん！」

と、水中で身をくねらせながら、指導を求める。

すると、イケメンコーチはにっこりと清潔感あふれる微笑を浮かべ、高齢女性の隣にザブン

と飛び降りる。

そして、彼女の前に立ち、

「はい、まず右にふたつ歩いてー、左にふたつー。それを二回繰り返してー、はい、その場でジャンプー、ワンツースリー。はい。上手ですよー」

と、嫌な顔ひとつ見せず、優しく指導する。

高齢女性は美しい若者の端正な顔を間近で見て、うっとりした表情だ。

「あんな孫がいたら自慢だろうねえ」

そう呟いた晴恵を、マアちゃんは幻滅するような目で見ている。

「ハルちゃんは枯れてるねえ」

「七十五にもなって、枯れてない方が驚きだわ」

晴恵は振り付けについていくのが精いっぱいで、コーチの気を引くどころか、顔を見る余裕もない。

五分の休憩を挟み、四十五分のアクア・エクササイズが終わった。

クラスが終わっても、しばらくの間、二宮コーチはプールサイドでおばあちゃんたちに囲まれていた。マアちゃんもその群衆の中のひとりだ。

「すみません。僕、別のクラスがあるので、そろそろ失礼しまぁす」

ひとしきり高齢者の井戸端会議に付き合ったコーチが、やんわりと微笑んでその場を離れる。

そして彼はプールを去り際、ドアの前で体を拭きながらマアちゃんを待っていた晴恵に声をかけてきた。

「小林さん。また、来てくださいね！」

白い歯列が眩《まぶ》しい。それ以前に、万年体験者の自分の名前を憶えてくれていることが嬉しい。

「これは転がされるわ……」

晴恵は久しぶりにときめいた。が、芽生えかけた恋心はあっという間に理性によって取り押さえられる。

——この年で色恋はないでしょ。想像するだけで邪魔くさい。向こうもそんな目で見られたら、迷惑に違いない。

プールを出た後、晴恵はマアちゃんと一緒に、筋トレ用のマシンが複数置いてあるフロアへ移った。

そこで低速のウォーキングマシンを利用しつつ、ストレッチのレッスンが始まるのを待つ。

二十分ほどすると、ヨガやダンスの教室となっているスタジオのガラス扉が開いた。

「間もなく、初級ストレッチ教室、始まりまーす！」

細かい編み込みをした頭に、ヘッドセットを装着している女性インストラクターが、こちらのフロアに呼びかける。

生徒たちは各々、厚みのある青いヨガマットを等間隔に敷き、小柄なインストラクターの動きを真似るのだ。

裏で『ジャマイカ』と呼ばれている年齢不詳のインストラクターが、元気な声で、「呼吸が大事ですよー」とか「無理せずに気持ちいいと思うところまで伸ばしてー」と指示しながら、息も乱さず、お手本を見せる。

それほど激しい動きをしているわけでもないのに、一連の動作を繰り返していると汗が出て、息もあがってくる。

いつまで経っても持久力が上がることはなく、体が柔らかくなることもない。自分の肉体に晴恵はうんざりしていた。

そうやって、十時のオープンから午後一時過ぎまで汗を流す。

最後に風呂とサウナに入るのが、晴恵とマアちゃんのお決まりのコースだ。

サウナルームの中は、三段の階段状になっている。ふたりは、いつものように、一段目にバスタオルを敷いて座った。

その時、不意にマアちゃんが「ハルちゃん。見た？　さっきの人」と、ふたりがサウナに入るのと入れ替わりに出て行った女性を顎で指す。

サウナルームの窓越しに見たその女性は、ゆっくりと足先から水風呂に浸かった。

「ああ。アクア・エクササイズの授業の時、一番前の列で張り切って踊ってた人ね。確か、ピンクのハイビスカス柄の水着を着てた人」

晴恵の目には、その女性が自分たちとそう変わらない年ごろに映った。

しかし、ふたりと違い、彼女の腰には、僅《わず》かながらではあるが、くびれが存在し、サウナを出た後でも、眉と唇の色が鮮明だった。

「あの人、入れ墨メイクだよね」

若い人のように、眉と口紅にアートメイクを施しているのだろう、と晴恵は見逃さなかった。

「そんなことじゃなくてさ。この前、あの人がお風呂で、他の会員と喋ってるのを聞いたんだけどね」

つまりマアちゃんの特技、盗み聞きだ。

「あの人ね、私たちと同い年らしいの」

「うん。それぐらいの年だと思ってたけど？」

「それがね、あの人、どうやら二十歳《はたち》のボーイフレンドがいるらしいの」

「は、二十歳⁉」

二宮コーチよりも若い恋人がいる、ということらしい。

「そのボーイフレンドが今度、戦隊モノのドラマのオーディションを受けるとかで、『他のライバルに見劣りしないように』って、六十万円分の服と時計とバッグを買ってやったんだって」

「戦隊モノって、うちの子たちが子供の頃に見てた、何とかレンジャーとか、何とかライダーとか、そういうヤツ？」

マアちゃんが深く頷く。

つまり、そのボーイフレンドはただ若いだけでなく、俳優の卵というオプションまでついているらしい。

「へええ……」

ママ活というのを何かの記事で読んだことがあるが、ババ活というのもあるようだ、と晴恵は感心する。

息子とも疎遠で、近しい血縁者も他界した。そんな自分に、もし、使い切れないほどの資産があったなら、そういう発想も生まれてくるのかも知れない。

孫ほど年が違うボーイフレンドの夢を応援する。恋愛という見返りがあろうが無かろうが、それは理想的で素敵な老後ではないか。

——まあ、それも、豪華ホテルみたいな老人ホームと同じぐらい、縁のない世界の話だけど。


晴恵がサウナから出た時、若いボーイフレンドを支援しているという女性はまだ、水風呂に肩まで浸かっていた。

唇にさした深い赤ワインの色。その唇の色が、かつて自分から夫を奪った女の唇のそれと似ているような気がする。

五十年以上経ってもまだ、あの色を憶えている自分にうんざりした。


あれは達彦が生まれて半年も経たない、肌寒い夕方のことだった。

その直前、夫が三日ほど家を空けた。

が、それは珍しいことではなかった。

『俺、実家に泊まるわ』

夕方、そう電話をしてきて、帰宅しない日が徐々に増えた。

達彦の夜泣きのせいで眠れず、会社で居眠りをして上司に叱責された、というのが、自宅に戻らない理由だった。

が、初めての出産と、夜中もむずかる達彦の世話とで疲弊《ひへい》していた晴恵は、夫のことにまで構っていられなかった。

むしろ、夫が帰宅しない日はホッとした。赤ん坊の世話で疲れ切っているのに、全く育児に参加しない夫の食事の準備をしたり、仕事の愚痴を聞かされたりするのが苦痛だったからだ。

そして、その日……。

帰宅した夫は、強いパーマのあたった茶色い髪を肩まで垂らした、いかにもホステス風の女と一緒だった。

晴恵は、その女の赤ワインのような濃い色の口紅に目を奪われた。

無遠慮に家の中へ入ってきたその女は、

『夫の面倒を見ずに、寂しい思いをさせるなんて、女房失格よ！』

と、晴恵を叱り飛ばした。

——勝手に人の家に上がり込んできて暴言吐くなんて、何様？

晴恵は、その女の不躾《ぶしつけ》な態度に唖然としながらも、言い返す言葉を必死で探していた。

が、女の背後にある三面鏡に映った自分の顔を見た途端、この無作法な泥棒猫に投げつけてやろうと思っていた罵詈雑言《ばりぞうごん》が霧散した。

鏡に映っていたのは、化粧もしていない、目の下にクマができた、頬の肉が削《そ》げ落ちている女。

もはや、女というカテゴリーに入れていいのかどうかもわからない。

目の前に立ちはだかっている肉感的な女と自分の姿を見比べ、自分がひどく貧相に思えて、惨《みじ》めな気持ちになった。

晴恵の動揺が伝わったのか、それとも女の罵声《ばせい》に驚いたのか、達彦は火が付いたように泣き出した。

それでも何も言わない夫に絶望した。

晴恵は達彦を抱いたまま、逃げるように家を出た。

たまたまカーディガンのポケットに、小銭入れが入っていたお陰で、実家まで、電車に乗ることができた。

気がつけば、洗濯物を干す時にだけ履く、ぼろぼろのサンダルを履いて、実家の前に立っていた。

ジムからの帰り道は、あの日のことばかりが脳裏に浮かび、いつものような心地よい疲れに身を任せることができなかった。

「じゃあ、またね」

晴恵の家の前で子供のように手を振って、マアちゃんが坂を登って行く。

マアちゃんの後ろ姿を見送った晴恵は、いつものように、オレンジ色の錆《さび》の浮いた郵便受けを開け、中にあるチラシや郵便物を抱えて家に入った。

不動産屋のチラシと、数えるほどしか行ったことのない専門店のセールを報《しら》せるダイレクトメール。その間に、少し厚みのある白い封筒が挟まっていた。

——何だろう。

台所で封筒の裏面を見ると、差出人は北鎌倉クリニック……。

「ああ」

すっかり忘れていた。

マアちゃんに誘われ、一緒に受けた人生初の人間ドックの結果らしい。

晴恵は冷蔵庫から出した麦茶を、グラスに注いでから封を切った。

それなりに緊張していた。

保険の外交員として働いていた十五年前までは、毎年、会社が契約している診療所で健康診断を受診していた。

が、それ以降は一度も受けておらず、人間ドックは初体験。

少し、ドキドキしながら拡げた一枚目はA４サイズで、血液検査の結果だった。

平均値に対して小さな増減はあるものの、異常ナシ、と書かれている。

異常ナシ、は当然と言えば当然かも知れない。どこかが痛いとか、違和感を感じるとか、そういった自覚症状が全くないのだから。

少し緊張が解けた晴恵は、軽く笑ってグラスのお茶を飲む。

そして、グラスを置いてから、二枚目の用紙に目を落とした。それは一枚目の二倍のサイズだ。

拡げて見ると、左半分には、異常なし、の文字がズラリと並んでいた。

そして、用紙の右下の方に、両肺のイラストがある。

「え？」

そのイラストの右肺の上部に黒い点が描かれ、横に『腫瘤《しゅりゅう》状《じょう》陰影の疑いあり』と記載があった。

結果は『要再検査』。

その文字を見た途端、晴恵の頭の中は真っ白になった。

――何？　これは……肺に腫瘍《しゅよう》がある、ってことなの？

冷たくなった頭が、不意に重心を失ったようにふらふらする。

思わず、ダイニングテーブルに両手をついた。

「いや、まだ『疑い』だからさ……」

晴恵は声に出して、自分に言い聞かせた。

それでも、結果を見た瞬間に足の裏まで落ちてしまった体中の血液は、なかなか頭まで戻って来ず、自分の顔が凍ったように強張《こわば》っているのを感じた。

第2章

1

その時、がちゃり、と玄関の方でドアノブを回す音がした。

――マアちゃん？

この家に勝手に入って来られるのは、鍵を預けているマアちゃんだけだ。

忘れ物でもしたのだろうか。

晴恵は反射的に、人間ドックの検査結果を他の郵便物の下に隠した。

が、この検査結果について、今、一番相談したい相手はマアちゃんをおいて他にいない。

晴恵はできるだけ表情を崩さないようにして、だが、内心はすがるような思いで、足早に玄関へと向かった。

「マアちゃ……！」

玄関に立っている人物を見た瞬間、晴恵の声は引っ込んだ。

そこにはポロシャツにグレーのスラックスという夏らしい軽装で、

「ただいま」

と、簡単な挨拶《あいさつ》ひとつで家に上がり込む男の姿があった。

「た、達彦……？」

高校卒業以来ずっと疎遠になっている息子、三年前、母の葬儀で会ったきりの息子、達彦だ。

彼は学校から帰ってきた時と同じように、「あー。喉渇いた」と呟きながら台所の方へ向かう。

「達彦。お前……」

玄関には海外旅行に持って行くような、濃紺の大きなスーツケースがポツンと残されていた。

状況が呑み込めない。

息子がこの家に来てくれて嬉しいという気持ちよりも、驚きと戸惑いの方が先に立った。あの日、晴恵を『死ね、クソババア！』となじって出て行って以来、達彦が自分からこの家に寄り付くことはなかったからだ。

晴恵は達彦がこの家を出て行った、一九八五年より前にタイムスリップしたような気分で、勝手に台所へ入って行く達彦の背中を、のろのろと追いかける。

達彦は学生時代と同じ動作で冷蔵庫を開け、麦茶の入ったプラスチックのポットを取り出していた。

その髪には、白いものが交じり、目尻の皺はぐっと深くなっている。

間違いなく、五十五歳の息子だ。

「達彦……。お前、一体……」

「俺、離婚することにしたから。今日からここに住むわ」

「ええっ⁉　離婚⁉」

青天の霹靂《へきれき》。息子は円満な家庭生活を送っているものと思っていた。

晴恵が先制攻撃に面食らって怯《ひる》んでしまった隙に、麦茶を飲み終えた達彦は、

「今日は疲れたから、もう寝るわ。詳しいことは、また明日」

と、二階にある、かつて自分の部屋だった場所へと去っていく。

突っ込んで聞かれたくない質問には、先に結論だけを言う。それは今も変わらないようだ。晴恵の経験上、こういう場合、翌日になったからと言って、こっちから聞かない限り、達彦がその話題に触れることはない。

「ちょ、ちょっと……!」

本気で離婚するつもりなのか、離婚原因は何なのか、いつまでここにいるつもりなのか、この先どうするつもりなのか……。

重大な質問が山ほどある。

それなのに、三年近く干していない、達彦の部屋の押し入れに仕舞ったままの布団のことも、同時に気になっていた。

とりあえず、離婚については明日、落ち着いてから尋ねるとして……。

今、二階の廊下から、『布団、大丈夫?』と、声を掛けるべきかどうかを考えた。だが、尋ねられた時の息子の反応が、晴恵には想像できない。

もう寝る、と言った達彦に『ご飯は済ませたの?』とか『お風呂はどうするの?』などと、尋ねるのも何となく憚《はばか》られる。

――我が子との距離感が、全く摑めない。

結局、一言も声を掛けられないまま、晴恵はひとり悶々《もんもん》と夕飯を済ませ、自分のために風呂を沸かして入り、十一時には床に就いた。

今日はジムに行って、体は疲れている。いつもなら、あっという間に眠れるのに、今日は目が冴えてなかなか睡魔が寄って来ない。

天井の木目を眺めている内、だんだん、さっき見た達彦が幻だったような気がしてきた。

明日になると、またこの家に独りきりになっているんじゃないだろうか……。

これは夢かも知れない。そう思うと、ほっとするのと同時に、微かな寂しさにも襲われた。

――いや、離婚話が幻だったなら、それに越したことはない。

眠れなくなった晴恵は布団の上に起き上がり、玄関に置き去りにされていたスーツケースを確認しに行った。

――あら？

達彦が戻ってきた時には玄関にあったスーツケースが、上がり框《かまち》に敷いたマットの上に移動している。

そして、風呂場からはシャワーの音がしていた。

どうやら達彦は、晴恵が寝たと思った隙《すき》にスーツケースから着替えを出し、風呂に入ったようだ。

――やれやれ……。やっぱり、現実だったか。

玄関の暗がりで苦笑した晴恵の脳裏に、過去の記憶が走馬灯のように蘇《よみがえ》る。

友だちと殴り合いの喧嘩をして、小学校に呼び出された時……。

中学生の頃、通っていた塾で講師に反抗し、授業をボイコットした時……。

極めつけは進路を勝手に変えた時……。

達彦は言いにくいことがあると、決まって、晴恵と顔を合わせないようにした。

今回もきっと、晴恵には会いたくなかっただろう。にもかかわらず、この家に戻ってきた。

——よっぽどのことだ。

一般企業なら、定年も見えてきたような年になって、離婚という重い決断をするなんて。将来のことを、どう考えているのだろうか。

考えれば考えるほど、晴恵の気持ちは暗く沈み込む。

——とにかく、理由を聞き出さなくては。けど……。今夜だけは、問い詰めないでおこう。

根掘り葉掘り聞いたら、言い争いになってしまう可能性もある。

夜中にここから出て行かれたりしたら、達彦の行方が不安で仕方なくなり、この先、夜も眠れなくなるに違いない。

2

翌朝、七時。

のっそり台所に入ってきた達彦は、彼の祖父が亡くなるまで座っていた席に腰を下ろした。当たり前のように。

冬はストーブに近く、夏はクーラーの風が一番当たりやすい、小林家の家長が座る場所だ。晴恵は独り暮らしになってからも、未だに流し台や冷蔵庫に一番近い、世が世なら下女が座る席が定位置になっているというのに。

「朝ごはん、食べる？　大したものは、ないんだけど」

晴恵は五時過ぎに目が覚めてしまい、達彦の朝食を準備しようと台所に入った。といっても、独り暮らしの冷蔵庫には、御馳走を作れるような食材はない。スーパーもまだ開いてない時間だった。

「何でもいいよ」

とりあえず、味噌汁と漬物、昨夜の残り物であるひじきの炒り煮を用意した。が、それだけでは寂しすぎる気がして、急いで卵焼きを作る。

晴恵がご飯をよそって、達彦の前に置くと、彼は「いただきます」と手を合わせ、黙々と箸を動かす。

案の定、明日話す、と言った話題を切り出す気配はない。

かといって、ずいぶん長い間、疎遠だったこともあり、息子の夫婦関係についてこちらからは踏み込みにくい。

晴恵は黙ってお茶を淹《い》れながら、息子の少し疲れたような横顔を観察する。

そして、頭の中の情報を整理した。

達彦の妻、雅代は達彦より三歳年下。一流企業に勤める、いわゆるキャリアウーマンの走りで、『二〇二〇年までに指導的地位の女性を三〇パーセント程度に』という国の政策を追い風に、部長まで昇進した女性だ。

企業人としても優秀なのだろうが、嫁としての務めもそつなくこなしながら、姑とも一定の距離を保って付き合える聡明な女性。コロナが蔓延《まんえん》する前の年賀状には、海外で親子三人、水入らずで過ごしている、楽しげな写真がついていた。

達彦は大学の准教授、妻は一流企業の部長職、CAになったひとり娘の穂香は航空会社のエリート社員と結婚して寿退社。傍から見れば、羨《うらや》ましいような家庭だ。

――それなのに、離婚だなんて、どんな不満があるというの？

晴恵にはどうしても、原因がわからなかった。

「やっぱり美味《うま》いな、母さんの卵焼きは」

ぽつり、と漏れた感想に、晴恵は自分の口許が緩みそうになるのを必死で堪《こら》えた。

「うちの卵焼きは甘すぎるんだよな」

達彦が眉間《みけん》に皺を寄せる。嫁の作った卵焼きの味を思い出すように。

「そうなの？」

とは言え、卵焼きが甘いからと言って、離婚に至ることはないだろう。

「まあ、それぞれの家の味があるし、穂香も甘いのが好きだから、仕方ないけどさ」

晴恵は卵焼きを載せた自分の皿を、達彦の前に置いた。

「じゃあ、私のも食べていいよ」

「サンキュ」

——そうじゃなくて！

今は卵焼きの話をしている場合じゃない。

核心にかすることもできない。晴恵はどうでもいい話をしている自分に、心の中で地団太《じだんだ》を踏む。

「あー、美味かった。御馳走さん」

そうこうしている間に、朝食をきれいに平らげた達彦が立ち上がろうとする。

「あ！　ちょっと、達彦！」

引き留めて、離婚の話をしようとした時、玄関のドアが開いて、誰かが家に上がり込んでくる気配がした。

達彦の表情が硬くなる。正体不明の闖入者《ちんにゅうしゃ》を警戒するような顔だ。

「ハルちゃん、聞いて！」

無遠慮に台所へ乱入してきたマアちゃんも、達彦の姿を見て顔を硬直させている。この男は何者？　という顔だ。そうして、まじまじと達彦を見たマアちゃんは、

「え？　たっちゃんッ⁉　たっちゃんなのッ⁉」

と天井に響く大声で確認した。何年も行方不明だった人間を発見したようなトーンだった。

マアちゃんの息子、恭介と達彦は幼馴染で、高校を卒業するまでは、お互いの家を行き来していた仲だ。

だが、それから三十数年。親戚でもないマアちゃんが達彦を見かけるのは、葬儀の焼香の時ぐらいだ。すぐにわからないのも、無理はない。

「め、珍しいね……」

どう声を掛けていいのか、わからなかったのだろう。それでも黙ってはいられないマアちゃ

んの口から、正直な感想が漏れた。

達彦はとにかくこの場から逃げようとするみたいに、晴恵とマアちゃんのどちらに言うでもなく、「じゃあ、俺、部屋で仕事するので」と立ち上がる。

だが、マアちゃんは、好奇心を抑えられない。

立ち去ろうとする達彦の背中に、

「たっちゃん、部屋で仕事って、内職？　たっちゃん、大学の仕事、辞めちゃったの？」

と、矢継《やつ》ぎ早《ばや》の質問を浴びせた。

マアちゃんの中で、自宅の部屋でできる仕事、イコール内職なのだ。

「今日はリモートワークです」

達彦は冷たく言い残し、二階へと上がって行った。

「へえ……。リモート……」

実感が湧かない様子で、ぼんやり呟いたマアちゃんは、達彦の姿が見えなくなった瞬間、今度は晴恵を詰問《きつもん》し始めた。

「たっちゃん、いつ帰ってきたの？　なんでこの家で仕事するの？　いつまでいるの？」

晴恵は朝食の皿を片付けながら、「帰ってきたのは昨日。あとのことはこっちが聞きたいわ」と投げやりに答えた。

さすがに離婚の話は、打ち明けられなかった。

「ハルちゃん、昨日はそんな話、してなかったじゃないの。こんなに急に帰ってくるなんて、奥さんと何かあったのかしら」

マアちゃんはブツブツとひとりごとのように推理しながら、達彦が座っていた場所に腰を下ろす。

――鋭い。

ドキリとした晴恵は、マアちゃんに背を向ける格好で、流し台の皿を洗い始めた。

「たっちゃんが油断して心を開くまで泳がせて、時間かけて探るしかないわね」

刑事か探偵のように呟くマアちゃんに、晴恵は心の中で同意する。

そして、テーブルに肘をついたマアちゃんがとっておきのネタを喋る前の、短く息を吸い込む気配を感じた。

「そう言えば、昨日、人間ドックの結果が届いてさ」

その話題に、晴恵は更に緊張する。

「血圧がほんの少し高めだったのよ。でも、他は『異常なし』だったし、まあ、この年でそれぐらいで済めば御の字だよね」

晴恵は肺のイラストと『腫瘤状陰影』という言葉を思い出し、知らず知らず、スポンジを握った手が震えている。

忘れていたわけではない。

が、昨夜から今朝にかけて、突然帰ってきた達彦のことで頭がいっぱいだった。

「ハルちゃんはどうだった？　人生初の人間ドック」

そうやって軽く聞くのは、晴恵が健康だと信じて疑っていないからだ。晴恵自身、そう思っていた。あの結果を見るまでは。

水切り籠《かご》の皿を拭き終わった晴恵は、ふたつのグラスをダイニングテーブルの上に置く。

そして、できるだけ軽いトーンで、麦茶を注ぎながら尋ねた。

「マアちゃん。今度、いつ医療センターに行くの？」

マアちゃんは脳梗塞をやって以来、年に数回、医療センターで検診を受けている。

「来週の金曜日だけど、なんで？」

その聞き返し方もさらっとしていて、いつもと変わらなかった。

が、向かいに座った晴恵を見たマアちゃんは、急に顔を曇らせた。晴恵の表情が硬かったのか、顔色が悪かったのか……。

マアちゃんは明らかに何かを察し、いつにない動揺を見せている。

「何……？　結果……、悪かったの？　医療センターに行かなきゃいけないほど？」

医療センターは県内でも有数の総合病院だ。

小さなクリニックでは手に負えないような患者が、紹介状を書いてもらって行く病院であり、風邪ぐらいでかかる人はいない。

晴恵はできるだけ明るく言った。

「肺が、ちょっと引っ掛かってね。いや、まだ『疑い』って書かれてただけ。ただ、再検査するなら大きいとこがいいかな、と思って」

実際、近所のクリニックで再検査したところで、また引っ掛かったら、結局、医療センターへ行くことになる。

「嘘……」

マアちゃんが絶句する。が、すぐに気を取り直したように口を開いた。

「再検査なら、早く行った方がいいよ。早期発見、早期治療って言うじゃない。私の定期検診を待ってる場合じゃないって」

「う、うん……。そうだけど……」

マアちゃんの真剣な顔を見て、晴恵も怖くなった。

悪性だか良性だか、現時点ではどちらかわからない腫瘍が、肺の中で刻一刻と肥大化しているような気分だ。

が、晴恵は出産以外で入院したことがなく、これまで通院らしい通院もしたことがない。自分の口から出た病院の名前だったが、晴恵にとって、医療センターの敷居はかなり高い。

「日にちを決めたら、私が予約してあげる。私も一緒に行くから」

「うん……。わかった。ありがと」

そう答えながらも、腰が重い。

そんな晴恵の心情を感じとったのだろう、マアちゃんはまだ何か言いたそうだ。

「そう言えば、マアちゃん。いきなり来て、何の話だったの？」

今日は晴恵の方から話題を換えた。

医療センターへ行く決心をするには、もう少しだけ時間が欲しかったからだ。

「え？　あれ？　えっと……。何だっけ？　すごく重要なことだったような気がするんだけど」

勢いよく上がり込んできたマアちゃんだが、達彦の存在と、晴恵の検査結果の話に気を取られ、訪問の主旨を忘れてしまったようだ。

「また、思い出したら来るから。とにかく、病院行く日、決めてね。早くね」

普段、指図するのは晴恵の仕事だった。

今朝は完全にいつもと立場が逆転している。

「うん。わかってる」

頭ではわかっているのだが……。

自分がこんなに意気地のない、優柔不断な人間だとは思ってもみなかった。

3

それから更に三日が経った。

食事の時に顔を合わせても、達彦が離婚について語ることはない。

朝夕の食卓には、常に異様な緊張感が漂っている。

そして、達彦は食事が終わるとすぐ、二階へ上がってしまう。逃げるように。

この三日、達彦はリモートワーク、いわゆる在宅勤務とやらで、朝食の後は夕方まで部屋にこもっている。

昼食は晴恵が買い物に出た隙に、お茶漬けで済ませているようだ。このところ、炊飯器のご飯や漬物の減り方が早い。

——それにしても、家でどうやって仕事をするのだろう。

晴恵は二階のドアの外で聞き耳をたてたり、薄くドアを開けて中の様子に目を凝らしたりした。

基本、ずっと無言でパソコンに向かい、キーボードを叩いたり、マウスをカチカチやったりしている。

こんな仕事の何が楽しいのだろう、と晴恵は首をひねる。

やっぱり医者になって、患者の命を救ったり、患者の家族から感謝されたりする方が、よっぽど遣《や》り甲斐《がい》もあるだろうに、と。

だが、達彦の横顔は真剣そのものだ。

きっと、息子をここまで熱中させる何かがあるのだろう。


金曜日。

初めて、達彦の部屋から声が漏れて来た。

「それでは各自、研究の進捗《しんちょく》を報告してください。じゃあ、青木君から」

達彦は大学で自分の研究をしながら、ゼミ生の研究指導もやっているようだ。

不愛想で無口な息子に、先生のような仕事ができるのだろうか、と心配になる。

学生の発表内容を聞いた達彦は、

「理論の展開はそれでいいと思います。ソースをもっと集めてください」

などと指示を与えている。

聞いている限り、指導も板についているようだ。

晴恵はホッとしたり、緊張したりしながら、達彦の仕事ぶりを盗み見ていた。

——こうやって見る限り、仕事も順調そうなのに……。


その週の土曜日はリモートワークとやらも休みらしく、達彦の部屋からはテレビの音が漏れていた。

コーヒーを運んでやると、達彦はベッドに寝転がってマンガを読んでいる。学生時代に買ったらしい、表紙の色あせたコミックスだ。

翌日の日曜日も、仕事をする気配はなかった。

それならば、と晴恵は達彦の部屋をノックし、ドアを開けた。

「ちょっと頼みがあるんだけど」

「うん……」

またマンガを読んでいて、返事もおざなりだ。

「母さん、携帯をスマホに替えようと思うんだけど、どんなのを選んだらいいのか、よくわからないし、一緒について来てくれない？」

ている。

「え？　母さん、まだガラケーなの？」

ベッドの上に寝転がっていた達彦は急に半身を起こし、宇宙人でも見るような目で晴恵を見ている。

「ガラケーで十分よ。けど、近いうちにそれも使えなくなるって言うから」

どうせなら、機械全般に詳しそうな達彦がいる内に、『乗り換え』とやらをして、操作方法も教えてもらおうという魂胆《こんたん》だ。

もちろん、外に連れ出すことで、いつもと違う気分にさせ、離婚理由やこの先のことを聞き出してやろう、という思惑もある。

「いいよ」

達彦があっさりと了承し、三十七年ぶりに親子で街へ出かけることになった。

久しぶりに鎌倉まで足を伸ばしたい、という達彦の希望で、五分ほど電車に乗って鎌倉駅の近くにある携帯ショップへ赴《おもむ》いた。

その店の場所も、電車に乗っている間に達彦がスマホで探し、来店予約まで登録し終わっていた。

やはり心強い。

「操作が簡単で、一番安いヤツでいいから」

晴恵のリクエストに、店頭に並べられた最新機種を眺めていた達彦が、「母さんは相変わらず、倹約家なんだな」と苦笑する。

「お前だって、昔は無駄遣いしない子だったよ」

それが今では、毎年、家族で海外旅行をするようになった。そんな贅沢ができるのも、妻の雅代がしっかり稼いでいるからだろう。

——それなのに……。

途中からは息子夫婦の離婚原因ばかりを想像し、店員によるスマホの説明が全く耳に入ってこない。

結局、達彦が選んだ一番シンプルで、安いスマホを買った。

ショップを出た後は、微妙な距離を保ちつつ、それでも親子並んで小町通りをぶらぶら歩き、一軒のカレー屋の前まで来た。

開口一番、達彦が、「懐かしい匂いだな」と頬を緩める。店から漂う独特なスパイスの香りが、エスニックな店内の風景を思い出させる。

ボーナスが出ると、母と達彦と三人で外食をした。

当時、それがせめてもの贅沢だった。

この店は達彦が好きで、外で食べる時は、よくここに来たものだ。

「久しぶりに入ろうか」

晴恵から誘った。

注文したカレーが来るのを待つ間に、達彦は買ったばかりのスマホを紙袋から取り出した。スマホの電源を入れ、瞳を輝かせながら、なにやら操作している。

「最初の設定だけしといてあげるよ」

昔から取り扱い説明書を読むのが好きな子だ。

買い替えたテレビの初期設定や、ビデオデッキの接続もお手の物だった。

「これ、電話がかかってきたら、どうしたらいいの？」

「え？　そこから？」

達彦はだるそうに自分のスマホをポケットから出し、晴恵の番号を検索する。

「電話番号は、ガラケーの時と同じにしてもらってるから」

晴恵は、息子のスマホにまだ自分の電話番号が残されているらしいことに、わけもなく安堵した。

Trururururu――、Trururururu――。

不意に、テーブルの上の真新しいスマホが鳴る。

『着信・達彦』のメッセージが出て、緑と赤の受話器マークが浮かんでいた。

「電話に出る時は緑の方、切る時は赤」

「そうなのね」

手に取り、緑のマークを押して耳に当てるのと同時に、達彦は素っ気なく電話を切った。

「スマホにすると色々便利だよ。ガラケーにもインターネット機能はあるけど、断然、こっちの方が簡単になるから」

電源の入れ方すらわからない晴恵には、達彦が言っている意味が理解できない。

「たとえば、このアイコンをタップして、この検索欄に『HONOKA1201』って入れたら、穂香のマナー教室のインスタが出てくるから」

「アイコン？　タップ？　インスタ？」

達彦は呆れたように、こうやって、ああやって、と手順を説明する。

「ああ！　ほんとだ、穂香だわ。穂香、こんな綺麗な家に住んでるのね」

高級レストランのような一室。顔をピンク色のハートで隠されている女性が五人。大きなダイニングテーブルを囲んでいる彼女たちを前にして、スーツ姿で、髪をアップに結い上げた穂香が、何か説明しているらしき写真だ。その顔は結婚式で見た時より更に美しくなり、自信に満ち溢れているように見えた。

画面の一番上にある、大きな写真には、『次回、テーブルセッティング第三回のレッスンは八月一日。空席は残り一席となりました』と書かれている。

「すごいねえ、穂香がマナー教室の先生だなんて。あの小さかった穂香が、立派になって」

大人になった穂香の花嫁姿も、喪服姿も見た。けれど、晴恵の記憶には、ウサギの人形で遊ぶ幼い頃の穂香の姿の方が強く刻み込まれている。

達彦は二十七の時に結婚し、穂香はその二年後に生まれた。

それからは、妻の雅代が年に数回、孫の顔を見せるために鎌倉へ来てくれるようになった。晴恵は、目許が達彦によく似ている穂香が可愛くて可愛くて、頬ずりして撫でまわしたくなる衝動に襲われた。

が、理知的でクールな嫁の手前、気持ちをぐっと抑えて接した。

雅代は穂香が小学生ぐらいになると、穂香の誕生日と正月に車で鎌倉まで送ってきて、半日ほど穂香を晴恵に預けるようになった。

『お買い物に行ってくるので、穂香のこと、お願いしてもいいですか?』

と、こちらに気を遣わせないような文言を置いて。

その半日ほどの間に晴恵は穂香をレストランや玩具屋に連れて行き、好きなものを食べさせて欲しいものを買い与えた。

そして、帰りがけにはお小遣いをやるのが、穂香が来てくれた時のルーティーンだった。が、その時にも、達彦は顔を見せなかった。

まだ根に持っているのか、と毎回失望したものだ。

そうやって、細々と続いていた孫との交流は、彼女が高校生になった時点でぷっつりと途絶えた。

アルバイトもできる年になり、おばあちゃんからお小遣いをもらうのも気恥ずかしい年頃になったのだろう。そう自分を納得させたのが、つい最近のことのようだ。

「これを見れば、穂香の近況がわかるのね」

「うん。マナー教室の宣伝を兼ねて、割とマメに更新してるから」

穂香は夫の稼ぎだけでも、十分に生活できるという。それでも、専業主婦は退屈だから、と教室を始めてみたら、思いの外、好評らしい、と達彦は説明する。

「本人も驚いてたよ。元大手航空会社のＣＡっていう肩書のお陰だろうけど」

「ふうん。あの子は昔から、しっかりしてるとは思ってたけど」

晴恵が感心していると、達彦がボソリと言った。

「けど、気を付けないと。宣伝効果はあると思うけど、こういうリア充自慢みたいな発信は反感を買うこともあるからな」

「え？　そうなの？　達彦はやらないの？　その……ＳＮＳだっけ？」

「非公開で備忘録的なヤツはやってるけど。穂香のＳＮＳは雅代の影響だよ」

それはどこか、侮蔑が混ざるトーンのように聞こえた。

「じゃあ、雅代さんもこのインスタだっけ、やってるの？」

「知らない」

達彦が冷ややかな顔をして答え、会話が途切れたところにカレーが来た。

それっきり、達彦は雅代のことに触れようとしない。相変わらず、気に入らない話題には口数が少なくなる。

だが、この話を聞き出すのは、今日しかないような気がする。

晴恵は肚《はら》をくくった。

達彦が最後の一口を食べ終わったのを見計らって、思い切って口を開く。

「達彦。お前、うちに帰ってきた時、『離婚するから』って言ったよね？　つまり、まだ離婚届は役所に出してないんだね？　まだ、迷ってるのよね？　どうして離婚しようなんて思うの？　毎年、送ってくれる年賀状、幸せそうに写ってたじゃないの」

聞きたいことを一気に吐き出すと、達彦は目を伏せ、唇を歪めて黙り込んだ。

が、やがて小さく溜め息をつき、「母さんには、わからないよ」とだけ言った。

それきり、貝のように口を閉ざす。原因については、意地でも言わないつもりのようだ。

晴恵は思わず、深い息を漏らした。

それが達彦には、嫌味な溜め息に聞こえたのかも知れない。

「俺、仕事があるから、帰るわ」

もう一秒でもここにいたくない、と言いたげな顔だ。

晴恵の目に、その表情がとても幼く見えた。

達彦のその顔を見て、そういえば、と保険の外交員だった頃のことを思い出した。

会社の経理部に二十代の男性社員がいた。

一流大学卒で、入社時から幹部候補生。数字に強く、いかにも神経質そうな人物だった。

晴恵は彼から『経費を精算した時の費目が間違っています。ちゃんとチェックしましたか？』と責めるように言われ、その言い方と尊大な態度に辟易《へきえき》したことがある。

記入した伝票に誤りがあったとはいえ、まだ経理部の承認は入っておらず、訂正すれば済むことなのに、そんな風に言わなくても、と。

だが、晴恵は『すみません』と小声で言って、引き下がった。うっかり彼に反論した同僚が、これでもかというぐらい正論でやっつけられたという話を、過去に聞いていたからだ。プライドが高く、反論されることが許せない質《たち》らしい。

そんな彼は、他の同僚からもウケが悪く、経理部でも浮いている存在だと聞いた。結局、彼はいつの間にか退職していた。その社員と、達彦の表情は少し似ている。

その夜、達彦が部屋から出て来ることはなかった。

「夕飯、できたわよ」と声を掛けても、「今日は要らない」という扉越しの返事だけ。仕方なく、晴恵はふたり分作った豚の生姜焼きは冷蔵庫に仕舞い、漬物とお茶漬けだけで夕飯を済ませた。

ひとりきりの台所で、はあ、と深い溜め息が出た。このまま何も聞かずに、達彦をここに置いていいのだろうか、と。

浴槽に湯を張る間、達彦に教えてもらった手順で、もう一度、穂香のインスタを開いて見た。孫が微笑んでいる顔を見るだけで、口許が緩むのを止められない。

穂香のアカウントは、HONOKA1201。

誕生日が十二月一日だからだろう、と推測した。孫の名前と誕生日の組み合わせは、すぐに憶えることができた。

投稿の下にある赤いハートマークは、穂香の投稿に共感した人たちが、タップすることで付けられているらしい、ということもわかってきた。

——穂香の教室は本当に人気があるのね……。あら？

穂香の投稿に、いつも『いいね！』と共感しているメンバーの中に『Ｍａｓａｙｏ＠ＳＥＴＡＧＡＹＡ０７２３』という人物がいる。

小さな円の中に映っている女性の後ろ姿に、見おぼえがあるような気がした。

達彦夫婦の自宅マンションは世田谷だ。雅代の誕生日は晴恵と同じ、七月だったと記憶している。

——やっぱり、これは……。雅代さん？

そんな気がして、じっと画面を見つめている内に、指先が、うっかり雅代らしき後ろ姿の写真に触れてしまったようだ。

不意に、穂香のページが消え、別の画面が現れる。

——これは……。

紺色の上品なレース調のマスクをつけた、雅代の顔のアップが現れた。

ただ、記憶の中の雅代より、随分若々しい気がする。しかし、間違いなく、これは雅代だ。

彼女の投稿は外食の写真が多かった。

高級そうなフレンチ、お洒落《しゃれ》なバー。劇場のロビーで寛いでいる姿。

古い投稿の中に、ＣＡの制服を着て花束を抱え、俯《うつむ》いている穂香の写真を見つけた。『長女、ラストフライト＠Ｂ７８７』とコメントが書かれており、涙マークが付けられている。

――間違いない。雅代さんのインスタだわ。

自宅を公開している投稿もあった。

モデルルームのように片付いたリビングは、とても広くて豪華に見える。

他にも、壁一面が本棚になっている広々とした部屋の写真があり、『夫の書斎』『＃准教授』『＃理系男子』などとコメントが添えられている。

手作りらしき料理の写真も、毎日のように投稿されている。

それらは栄養バランスが良さそうに見える上に、盛り付けはちょっとした料亭や洋食屋のように美しく凝っている。

――こんなに広い書斎を使わせてもらって、ちゃんとした食事も用意してもらえて。この生活の何が不満なの？

4

月曜日の朝、達彦は、「今週は大学で仕事するから」と、実家に戻って来て初めて、スーツを着て出かけて行った。

晴恵は家にひとりになった途端、人間ドックの検査結果が気になり始めた。

この一週間、自分の病気よりも、達彦の離婚問題のことに気を取られていた。

現に今、息子の姿が家にないだけで、気持ちが塞《ふさ》がり、昨日まで何ともなかった体に、だるさを感じたりする。

――病は気から、とはよく言ったものだ。

晴恵は、あれきり見返す機会がなかった検査結果を、もう一度開いた。

そして、マアちゃんに勧められてオプション料金を払って受けた、腫瘍マーカー検査の結果が小さく添付されているのを見つけた。

CEAという欄に、平均数値よりも高いことを表すアスタリスクマークがついている。裏面に書かれた説明によれば、この数値が高い場合、肺癌、大腸癌などの可能性がある、と書かれていた。

不安は一気に増大した。

気を取り直して家の掃除をしていても、網膜《もうまく》に焼き付いた検査結果が思い出され、セーターについたヒッツキムシの棘《とげ》みたいに、チクチクと憂鬱な痛みを与え続ける。

ガランとした居間で晴恵は勇気を奮い起こし、買ったばかりのスマホでマアちゃんに電話をかけた。

「今週、昼間は達彦がいないから、予約が取れれば、再検査に行こうかと思って」

『わかった。私に任せて』

男前なトーンで応えて電話を切ったマアちゃんは、十五分ほど後に、折り返しの電話を寄越した。

『私の担当医が、内科に話をつけてくれたから。これからすぐ検査してくれるって』

「え？　これから？」

早くても二、三日後だろう、と思っていた晴恵は慌てた。

「検査って、何を着ていけばいいか……」

なぜか、そんな心配をしている。

『どうせ検査衣っていうのを着るから、何を着ていったって大丈夫よ。でも、先に採血するかも知れないから、すぐに腕を出せるように、袖をまくりやすい服がいいわね』

病院での作法について、的確な指示を出すマアちゃんが頼もしい。

三十分もしない内に迎えに来たマアちゃんと一緒に電車に乗り、医療センターへ向かった。

まずは診察券を作るために、総合受付でもらった申込書を埋めていると、首からＩＤを下げた男性がマアちゃんに近寄ってきた。

その長方形のカードには『事務長』とある。

「中野さん。脳血管内科の部長先生から『優先してあげてください』って言われたから今回は特別に予約を入れさせてもらいましたけど。こういうのはイレギュラーな対応なんですからね。本当に困るんですからね」

マアちゃんは厳しく注意されていた。

きっと、担当医に無理を言って、晴恵の検査を押し込ませたのだろう。

だが、マアちゃんは負けていない。

「何、言ってるの？　私の大事な幼馴染なのよ？　手遅れにでもなったら、どうしてくれるつもり？　どうせ、政治家とか大企業の偉い人とかが来たら、優先的に入院させたりしてるんでしょ？」

医療ドラマが大好きなマアちゃんが、その知識だけを武器に食ってかかる。

だが、中《あた》らずと雖《いえど》も遠からず、だったのか、事務長は口を噤《つぐ》み、苦虫を噛み潰したような顔をして、マアちゃんから離れていく。マアちゃんの圧勝だ。

——こんな大病院の事務長が、マアちゃんの顔と名前を知っていることだけでも驚きなんだけど。

マアちゃんと一緒にいると、多少肩身の狭い思いをすることもある。が、母親亡き後、ここまで自分のことに親身になってくれる者は、他にいない。口に出したことはないが、この幼馴染には感謝しかなかった。

真新しい診察券を受け取った晴恵は、今度は内科受付でもらった問診票を書き、人間ドックの結果と一緒に窓口に出した。

「内科の外来は、診察室が①から⑩まであるのよ」

マアちゃんが自分の別荘みたいに、堂々と院内を案内する。

「私の受付票には内科③番の小島先生って書いてあるわ」

「ああ、小島先生ね。五年ぐらい前に、地方の大学付属病院から来た先生だわ。あ、内科の③番はこっち」

この病院の院長のように頼もしいマアちゃんにくっついて、扉に③と書かれた診察室の前に来た。

その扉の前のベンチで待っていると、若そうな女性の看護師が、スライディングドアを引き、「一〇八番の患者様～」と上品な声で呼ぶ。

個人情報に配慮しているのか、患者は名前でなく、受付番号で呼ばれるらしい。

「はい！」

晴恵は、自分でも驚くほど大きな声で返事をして、立ち上がってしまった。

「どうぞ」

看護師に促されて中に入ると、達彦より十歳は若そうな男性医師が、晴恵の人間ドックの結果を見ている。

「小林さんですね？　じゃ、今日は血液検査とCT検査をして、明後日、MRI検査をすることにしましょうか」

世間話をするような何気ない口調だ。そして、看護師から、

「CT検査はこちらですからね」

と、院内地図を手渡され、入室して五分もしない内に、診察室から出された。

「どうだった？」

マアちゃんが頰に不安を滲ませて駆け寄ってくる。

「どうって……。まだ、何もわからない。今日は採血とCT検査して、明後日、MRI検査だって」

「そっか。そうなんだ」

マアちゃんも肩透かしを食ったような顔だ。

救急搬送されたマアちゃんと違い、他の病院からの紹介状もない外来というのは、こんなも

のなのかも知れない。

マアちゃんの案内で晴恵はエレベーターに乗り、二階に上がった。

二階にも検査のための受付がある。これで三つ目の受付だ。

晴恵は溜め息をついた。

「私がもし重病患者だったら、受付巡りをしてる間に息絶えてしまいそうなんだけど」

「ほんとに息絶えそうな重病患者は救急車で運び込まれるから、受付は全部スルーよ。ちなみに私は救急搬送だったから、裏口から受付無しで入ったわ」

マアちゃんが自慢げに、羨ましいような羨ましくないような昔話をして笑う。

「じゃあ、そこの検査受付に、受診票を出してね」

マアちゃんに指示されるがまま、晴恵は受診票を挟んだファイルを、受付のカウンターに置く。

そこは一階の外来受付よりも閑散としていた。

カウンターの向こうにいるのも、女性スタッフがひとりきりだ。

「では、奥のロッカーで、検査衣に着替えてきてください。お着替えが済まれましたら、そちらの待ち合い席に座っていてください。検査の順番が来たら、お呼びします」

急いで検査衣に着替えて戻って来ると、待ち合いのソファに座る間もなく、すぐに名前を呼ばれた。

「行ってくるわ」

マアちゃんの手前、平静を装って堂々と検査室に入った。

が、ドーム状の機器に入るのは初めてのことで、緊張のあまり、心臓がドキドキと脈打つ。血圧が上がってしまって、検査に悪い影響が出るのではないか、と不安でならない。

体調が悪くなった時に押すように、と握らされたボタンを押すべきかどうしようかと迷っている内に、

「はい。いいですよ。ゆっくり起き上がってください」

と、検査技師に声を掛けられた。

緊張した割には、痛くも痒《かゆ》くもない。呆気《あっけ》ないものだ。

最後に検査技師から、「CTの結果はその日の内に出ます。結果を踏まえて先生から説明があると思いますから、院内にいてくださいね」と言われた。

マアちゃんの提案で、病院の中にあるカフェで、早めのランチを取りながら自分の順番を待つことにした。

「まだまだね」

マアちゃんがカフェの中にある表示板を眺める。診察の順番が近くなると、受付番号が出るシステムで、この表示板は病院の中の至るところにあった。

どんなに冷静を装っても、食べているパスタは味がしない。

――あとどれぐらい待たされるんだろう。

全く落ち着かない。

幾度となく、視線を上げてカフェの壁に設置された表示板を見る。

だが、晴恵の受付番号は思ったよりも早く表示された。

「あ。私の番号が出てる。診察室に行ってくるわ。マアちゃんはここで待っててね」

「え？　ひとりで大丈夫なの？」

まだ半分以上のリゾットを残しているマアちゃんが、心配そうに聞く。

「うん。結果を聞いてくるだけだから」

本当はひとりで聞くのは心細い。

が、悪い結果が出て、マアちゃんに取り乱した自分を見られるのも嫌だった。

晴恵は急いで内科③の診察室へ戻り、ノックをして中に入った。

呼ばれる前に診察室に飛び込んでしまったせいだろうか、医師も看護師も、少し驚いたような顔をしていた。

「あ。すみません。呼ばれるまで、外で待ってるんですよね」

いつもは、こんな早とちりなどしないのに。反省しながら、診察室を出ようとした。

「ああ。小林さんですね？　大丈夫ですよ。ちょうど今、お呼びしようと思っていたところです」

医師はモニターに肺を輪切りにしたようなモノクロ画像を映し出し、真剣な目で眺めている。

晴恵は恐る恐る、医師の前に置かれている丸椅子に腰を下ろす。

「この腫瘍の大きさからして、もう少し調べて、良性か悪性か判断する必要があります。予定通り、明後日、ＭＲＩ検査と生体検査をして、治療方針を決めましょう」

晴恵はカラカラに渇いた喉から、「わかりました」という言葉を何とか絞り出す。

そして、診察室を出ようとドアに手を掛け、ふと冷静になって医師を振り返った。

「先生。私、癌ってことですか？」

自分の声が震えている。

医師は「うーん」と、考え込むような低い声を漏らした。

「現時点では、はっきりとは言えません。ですが、その可能性も否定できないので、もう少し検査を続けます」

「そう……ですか……」

私は癌の可能性があるんだ……。そればかりが、頭の中をグルグル回っていた。

その後、どうやって家に戻ったのか覚えていない。

気づいたら、自宅の台所で夕飯の準備をしていた。

何も考えないようにして、一心不乱にネギを刻み、小鍋で湯を沸かしてイリコの出汁をとっている。

食器を出そうと食器棚の前に立った時、ふとワゴンの上の、白くふっくらした酒饅頭が目に入った。

「あ……！」

うっかり、マアちゃんを医療センターに置いて来てしまったことを思い出した。

冷静だったつもりが、かなり動転していたようだ。

——なんてこと……。

慌ててマアちゃんの携帯に電話を入れた。

「ごめん、マアちゃん！　うっかり、マアちゃんのこと忘れて……」

謝る晴恵の言葉を遮り、明らかに焦燥感に駆られているマアちゃんの声がする。

『ハルちゃん！　あんた、大丈夫なの⁉　何度も電話したのよ？』

電話の音にも気づかなかったのだろうか。自分自身に愕然とした。

『あんまり遅いから受付で確認したら、ハルちゃんの診察は終わったって言うし、会計も終わってるって言うから、びっくりして……！　今からそっちへ行くから！』

晴恵は申し訳ない気持ちでいっぱいになった。

玄関の上がり框で、行ったり来たりしながら、そわそわとマアちゃんが来るのを待った。

「ハルちゃん……！」

マアちゃんは勢いよく玄関のドアを開けて、晴恵の顔を見た途端、今にも泣き出しそうな顔になった。

黙って帰ってきたことを怒られるとばかり思っていた晴恵は、少し面食らった。

「結果……良くなかったの？」

そう尋ねるマアちゃんの唇は血色を失い、声は揺れている。

ひどく動揺しているマアちゃんを見ていると、晴恵は自分がしっかりしなければ、という気持ちになった。

「まだ、はっきりとは言えない、って。けど、癌の可能性があるみたい」

口に出して言ってしまうと、呆気ないものだ。

「ハルちゃん……」

絶句するマアちゃんは、玄関に棒立ちになったまま、いつものように家に上がり込むこともできないでいる。

「まだ明後日、ＭＲＩ検査とか生体検査とかがあるみたい。その結果が出てから、治療方針が決まるみたいだから、達彦にもその時に言うつもり。だから、このことはまだ恭ちゃんにも言わないでね」

達彦がここにいる限り、同級生のふたりが外でばったり出会う可能性もある。

まだ、診断結果が確定していない状況で、達彦を煩《わずら》わせたくなかった。いや……、これ以上、息子との距離感が複雑になる状況は避けたかった。

「わかった……」

そう言ったものの、マアちゃんはまだ何か言いたそうにしている。

その時、玄関のドアが開いて、達彦が帰ってきた。

それだけでヒヤリとする。

「ただいまー」

油断しきった様子で家に入ってきた達彦は、玄関に立ち尽くしているマアちゃんの後ろ姿を見て、一瞬、怯むように足を止めた。

「こ、こんにちは」

天敵でも見たような、たじろぐような顔で挨拶し、そそくさとマアちゃんの脇をすり抜けて、速足で自室へ向かう。

達彦が二階へ上がる足音を確認した後、マアちゃんは声を潜《ひそ》めるようにして、

「じゃあね。明後日も迎えに来るから。いい？　まだ、わからないんだからね。気を落とさないでね」

と、深刻そうな顔のまま、早口で言った。

「うん。大丈夫だから、心配しないで」

答えた声が、空々しく鼓膜に貼り付いた。


晴恵は炊き立てのご飯と水を仏壇に供え、両手を合わせた。

ついこのあいだまでは、もう七十五年も生きた、と思っていた。なのに、今は、まだ七十五歳なのに、と思っている。

線香の匂いで少し落ち着きを取り戻した晴恵は、三年前に亡くなった母親に、心の中で語り掛ける。

――お母さんが大往生して、この家にひとりきりになって……。もう思い残すことは何もな

いと思ってたのに。

あと二十年も、若い人が納める税金の世話になることを、申し訳なく思っていたのに。今は、一年でも長く生きたいと思っている。そんな自分が滑稽《こっけい》に思えた。

だが、不思議と涙は出ない。

——たとえ癌だとしても、まだ死ぬと決まったわけじゃない。

気を取り直し、仏前を離れた晴恵は冷たい水で顔を洗ってから、達彦の部屋の扉を叩いた。

「達彦。今日、商店街でご飯、食べようか」

できるだけ元気な声を出した。

何だか、節約して老後の資金を確保しようと努力してきた自分が、馬鹿馬鹿しく思え、夕食を作る気力が湧かなくなったのだ。

「味噌汁、作ってたんじゃないの?」

台所からネギと味噌の匂いがしたのかも知れない。

「母さん、今日はちょっと疲れてしまって。味噌汁しか作れなかったのよ」

「わかった。着替えるから、ちょっと待ってて」

達彦の返事を聞いて、晴恵も出掛ける準備をした。

その商店街は、かつて、達彦と毎週のように買い物に行った場所だ。

達彦はよく迷子になる子だった。

好奇心が強く、何かを見つけるとすぐ晴恵から離れて行く。なのに、自分が迷子になったと気づいた時には、過呼吸になるほど大声で激しく泣いていた。

物心ついた時には父親がいなかった達彦は、家族というものが壊れやすいものだと潜在的に知っていたのだろう。母親も突然いなくなるかも知れない。そんな恐怖心があるように見え、不憫《ふびん》だった。

「ここにしようか」

そこは達彦が好きだった洋食屋だ。

開店当時は色鮮やかだった、窓の上の深紅のシェードが今は色褪せ、薄いピンク色になっている。

保険外交の営業成績が良かった月は、買い物ついでにふたりで立ち寄ったものだ。

「俺、ハンバーグ。ライス大盛り」

「じゃあ、私も同じの。私のご飯は少な目で」

注文してしばらくの間、沈黙が続いた。

――達彦がいつまで実家にいるつもりなのか、それだけでも聞かなければ……。

長くいるつもりなら、病気のことを話さざるを得ない。通院することになれば、いずれ、バレてしまう。

――いや、まだ診断が確定したわけじゃない。そんな状況で、余計な心配をかけるのもどうなんだろう……。

気持ちが行ったり来たり、思考が堂々巡りし、なかなか病気のことを打ち明ける決心がつかなかった。

達彦も何を考えているのか、ずっと黙り込んでいる。

「あのね……」

ハンバーグを食べ終わり、セットの最後に出てくるはずの珈琲を待っている沈黙の中で、ようやく晴恵は口を開いた。

「何？」

達彦はスマホをいじりながら、素っ気なく聞き返す。その冷たいトーンに、喉元まで出かけた告白を阻《はば》まれ、

「えっと……。母さんね……、そう、雅代さんのインスタ、見つけたの」

と違う話を始めてしまった。そして、仕方なく、その話題を続けた。

「素敵な家庭じゃないの。雅代さん、お料理も上手そうだし。あんな綺麗な家で生活できて、

それでも不満だなんて、バチが当たるよ」

正直な感想をぶつけると、しばらく怒ったような顔で黙り込んでいた達彦は、

「あんなの見せかけの幸せだよ。俺と雅代とでは、価値観が違うんだ」

と吐き捨てるように言った。

「価値観？」

「俺は自分の研究を完成させたいだけなんだ。けど、雅代は俺がいつまで経っても教授になれないことに、苛立《いらだ》ってる」

達彦は自分の中に溜まっているものを吐き出すかのように、一気にまくしたてた。

「雅代さんがそう言ったの？　お前が教授になれないことが不満だって？」

確認すると、達彦は黙り込んだ。が、やがてポツリと、呟くように言った。

「口には出さないけど、わかってるよ」

「なんで？　そんなの、お前の思い込みかも知れないじゃないの」

そう思いたかった。

「いや。絶対、思ってる」

「どうして、そんな……」

話が白熱しかけたところに、ウェイターがやって来て、ふたりのグラスに水を足す。

お辞儀をしたウェイターが別のテーブルに向かったところで、達彦が口を開いた。

「先に就職した雅代は、俺の大学院の後期の学費を出してくれたんだ」

「え？　雅代さんが払ってくれたの？　大学院後期の三年分の学費を？」

達彦が六年、つまり大学院の修士課程までを修了し、すぐに卒業したと思い込んでいた晴恵は愕然とした。

達彦が学生寮からの転居を報せてきた時、こっそり見に行ったアパートには、女子大生風の女の子がいた。顔は見えなかった。

——あれが雅代さんだったのかも知れない。

晴恵は、学費を出してやったことだけが、自分の存在価値だと思っていた。

それなのに、当時、まだ結婚もしていないガールフレンドが、自分の代わりに博士課程の学費を出していたなんて……。

「その時、雅代が言ったんだ。『博士号を取らないと、将来、教授になれないでしょ？　私、大学教授の奥さんになりたいわ』って。笑ってたけど、あれは本気だ」

俺は教授になるために研究してるわけじゃないのに、と達彦が憤然と繰り返す。

「どうして私に言わなかったの？　あと三年、大学院で勉強したい、って」

「俺の進路に反対してた母さんに、あれ以上、負担をかけるのは申し訳ないと思ったし……。

まあ、大学から返還義務のない奨学金ももらえたから、それまでの学費ほどはかからなかったんだ。それに、雅代が、『それぐらいなら私に払わせて』って言ったから」

達彦は軽く付け加える。

が、晴恵は得体の知れない敗北感に打ちのめされていた。

——あの頃の私には、達彦の学費を払うことだけが、生きる目的だったのに……。

呆然とする晴恵を前に、達彦が訥々《とつとつ》と続ける。

「俺、焦ってたんだ。雅代のためにも、とにかく今やってる研究を成功させなきゃいけないって。研究が成功しさえすれば、教授への道も開かれるという確信があった。全てがうまくいくはずだったんだ……」

その言い方に、晴恵は嫌な予感を覚えた。

「研究、成功しなかったの？」

「あと少し、っていうところまでは来てる。けど、なかなか完成しなくて」

達彦が心底悔しそうに唇を噛む。

「だからって……」

教授になれなかったからといって、離婚するという考え方は、あまりにも短絡的だ。

「雅代がごちゃごちゃ言う前に、自分から家を出てやった」

離婚届も達彦が用意し、自分の所は全部記入して、雅代の留守中に置いて来た、と達彦は勝ち誇ったように言う。

「いくらなんでも、そんな一方的な……」

「雅代だって、いつまで経っても教授になれない夫に未練はないよ。向こうから言われる前に、こっちから別れてやったんだよ」

「どうしてそんな早まったことを……」

だが、この息子ならやりかねない、と晴恵は溜め息をついた。

達彦は昔からプライドの高い子だった。それが負けん気となり、勉強でもスポーツでも人一倍努力し、いい結果を残してきた。

だが、今、この状況で、そんなつまらない意地を張ってどうするのだろう。

「達彦。今はつまらない自尊心を捨てて雅代さんと……」

よりを戻すように窘《たしな》めかけた時、晴恵の視界に、食後の珈琲を運んでくるウェイターの姿が映った。

テーブルにアイス珈琲のグラスがふたつ置かれた。ごゆっくり、と言って伝票を置いたウェイターが立ち去るまでの間、不自然に会話が途切れた。

ウェイターがテーブルを離れてからは、お互いにコソコソと声を潜めて会話をした。

「それで……。その後、雅代さんから連絡はあったの？」

「メールで『一度、話し合いましょう』って連絡があった」

「それで？」

聞き返したタイミングで、またウェイターがやってきて、ミルクを置いて行った。

「それで、お前は何と返事したの？」

「返信してない」

「は？　なんで……」

踏み込んで聞こうとしたタイミングで、同じウェイターが今度はシロップを持って来る。

いっぺんに持って来なさいよ！　と怒鳴りたくなるのを、晴恵はグッと堪えた。

ウェイターがテーブルを離れた後、達彦は「こんなことなら、博士課程の学費なんか出して
もらうんじゃなかった」と悔やむような顔だ。

「そうじゃなくて、返信しない理由を聞いてるの」

「話し合うことなんてないから」

その身勝手さに呆れ、「はあ!?」と声を上げてしまった後、晴恵は周囲を見回した。

他の客が、自分たちの会話に聞き耳を立てているような気がして仕方ない。

「とにかく、これ、飲んだら帰ろう。こんな所で話すことじゃないわ」

晴恵はストローを包んでいる柔らかい紙をちぎって、アイス珈琲のグラスに挿した。目を伏せていた達彦も、黙って背の高いグラスに手を伸ばす。

その時、カラン、と店の入口でカウベルが音を立てた。そして、入ってきた二人組の客のひとりが、こちらをじっと見て、声を掛けてきた。

「あれ？　達彦？」

肩に届きそうな茶髪に、白いサマーニット。ぱっと見は三十代だ。

「恭介？」

達彦が顔を上げた。

マアちゃんの息子、恭介が若い女性を伴ってこちらに歩いて来る。

「おー。達彦、超久しぶりじゃん」

恭介が自分の拳を達彦に近づけてくる。

達彦は面食らったような顔をしながらも、自分の拳を、恭介のそれにぶつけた。

晴恵にとっては、テレビでしか見たことのない若者の挨拶だ。

「あ、こっちは俺の奥さん」

恭介の背後に隠れるようにしていた女性が、スッと姿を現した。

夏らしいコットン素材の白いワンピースを着ている。ノースリーブの袖ぐりからすらりと伸びた小麦色の腕が瑞々しい。

彼女は「澪《みお》です。初めまして」とはにかむように微笑んだ。マアちゃんに母屋の立ち退きを迫っているような鬼嫁には見えない、可憐な女性だ。

「達彦。隣、座ってもいい？」

恭介は昔から人懐っこい。数十年ぶりに会った幼馴染にも、昨日まで一緒に遊んでいたかのように、屈託なく接する。子供の頃から、性格も興味も達彦とは全く違った恭介が、なぜ達彦を慕うのか晴恵はずっと不思議に思っていた。

ふと見ると、正面に座っている達彦は、気まずそうな顔だ。

「あ、あの。私たち、もう帰るところなのよ」

晴恵が気を利かせた。

「そっか。じゃあな、達彦。また、ウチに遊びに来いよ」

ニコッと笑う恭介に、達彦は、うん、と頷くように答えた。

五十五歳の男がふたり、家の中で何をして遊ぶのだろう、と晴恵は首を傾げた。

会計を済ませて外へ出ると、打ち水がされたのか、クチナシの花の匂いが湿気を含んだ空気に混ざって漂っていた。

空には丸い月が出ている。

何だか、離婚の話をする空気ではなくなってしまった。

「それにしても、若いわね、恭ちゃんの奥さん」

達彦と並んで歩きながら、晴恵は独り言のように言った。

黙っている達彦を横目に見て、晴恵は考える。

たとえば、このまま達彦が離婚したとする。達彦は恭介と違って、無口で不器用で柔軟性がない。その上、理系の研究室という職場では、異性との出会いも少なそうだ。この年になった息子が、再婚することは難しいだろう。

――この先ずっと、ひとりで生きていくつもりなのだろうか。

その夜は眠れなかった。

5

二日後。

晴恵は予定通り、ＭＲＩ検査を受けた。

そして、その週の金曜日。

全ての検査結果が揃い、治療方針が決まる日……。

マアちゃんと一緒に、たまたま美容院のシフトが休みだという恭介の運転する車で、医療センターへ行った。

前の晩、マアちゃんから電話があり、『恭介には、ハルちゃんが、私の定期検診に付き添ってくれる、ってことにしてあるから』とのことだった。実際、マアちゃんの検査と診察にかかる時間は一時間ほどで、晴恵が予約した時間には同席できるという。

晴恵の病気のことが、恭介の口から達彦に伝わってしまわないように、配慮してくれたようだ。

とは言え、治療が始まれば、このままずっと隠しておくわけにもいかないだろう。

事前に、「ご家族の方と一緒に聞いて頂いてもいいですよ」と言われていたので、よくないことは予想していたのだが……。

「精密検査と生体検査の結果、悪性の腫瘍であることが明確になりました」

医師が淡々と言った時には、その意味がすぐには頭に入って来なかった。

「手術することになるんですか？」

家族ではないが、同席してくれたマアちゃんが聞いた。その手は膝の上で白いガーゼのハンカチを握りしめている。

晴恵はマアちゃんが必死に説明を求める声を、どこか遠い世界の出来事であるかのように、ぼんやりと聞いていた。

どんな手術をするんだ、どれぐらいの入院が必要なんだ、リスクはあるのか、と詰問するマアちゃんに、医師は表情も変えず、

「それが、ですね……」

と、真新しいカルテに視線を落とす。

「小林さんは心臓機能が低下していて、大きな手術は難しいと思います」

そんな自覚がなかった晴恵は、驚いて医師の顔を見る。

「実際、七十五歳を越える高齢者の方の、標準治療は確立されてないんです。手術で癌を切除できたとしても、体力を消耗します。入院期間が長引いて合併症が出る可能性も高くなります。その上、心機能の低下がみられるとなると、かなりのリスクも伴いますので」

最後は、ご自身の判断になりますが、と医師が付け加えた。

「そんな……」

絶句するマアちゃんの隣で、ずっと黙っていた晴恵が静かに口を開いた。

「じゃあ、手術はしないとして、あと、どのくらい生きられますか？」

その質問に、四十代半ばに見える医師は初めて言いにくそうな顔になった。

「年齢的に進行は遅いと思うので、長くて二年ぐらいですかね」

抗癌剤や放射線治療も、持病のある高齢者には肉体的負担が大きく、逆に余命を縮めることもある。

ＣＴ画像を見ながら補足する声のトーンは、重すぎることも軽すぎることもなく、晴恵の体をすり抜けていく。

――長くて二年……。

悪い結果ばかり予想していた晴恵だった。が、少し前まであと二十年は生きると思っていた寿命が、わずか二年と具体的に限られ、呆然とした。

隣では、ついさっきまでしんみりと俯いていたマアちゃんが豹変し、今にも医師に体当たりしそうな勢いで、人差し指を突きつけ、「あんた！　高い給料もらってるんでしょ⁉　なんとかしなさいよ！」と詰め寄っていた。


帰りは車の後部座席にマアちゃんと並んで座った。

駐車場からずっと泣いているマアちゃんを、晴恵が冷静に「大丈夫よ」と慰め続けた。

この状況に、恭介はマアちゃんの検診結果が深刻なものだった、と誤解したのだろう、「お袋、何かあったのか？　悪いのか？」と、おろおろしながら何度も何度も、ルームミラー越しに尋ねた。

だが、マアちゃんは首を振るばかり。

中野家の養子さん、マアちゃんの夫が亡くなった時でさえ、これほどには、取り乱していなかったような気がする。

恭介は信号が青になったことに気づかず、北鎌倉に戻るまでに、三回も後続車にクラクションを鳴らされた。

「マアちゃん、大丈夫だから、落ち着いて」

なぜか晴恵がマアちゃんを宥《なだ》めているうちに、自宅に着いた。

「じゃあね。恭ちゃん、ありがとね。お母さんは大丈夫だから、心配しないでね」

ついでに運転席で青ざめている恭介を励ましてから、晴恵は車を降り、そそくさと家の敷地に入った。


――あと二年だってさ……。

晴恵は仏壇の両親に、自分の病状を報告した。

この家に戻ってから、住む所と食べることには困らなかった。が、達彦の習い事や学費まで甘えるわけにはいかず、できるだけ出費を切り詰めた。

達彦が大学院を卒業した後は、年金生活をしている両親のため、少しでも多く生活費を入れようと働いた。何より、自分の老後のために、ずっと倹約してきた。

——私の人生って、何だったんだろう。

ただ、贅沢や無駄遣いをしないだけの人生だったような気がして、空しくなる。溜め息が出て、それと同時に涙腺が緩みそうになる。

——いや。自分に同情しちゃダメだ。気持ちが弱くなる。

晴恵は熱くなるふたつの瞼を、両手の甲でぎゅっと押した。そして、大丈夫、なんとかなる、と自分に言い聞かせる。心が折れそうな出来事に直面すると、こうやってずっと自分を励まし、堪えてきた。絶対に涙を零《こぼ》さないように。

暗い仏間で蠟燭の炎を眺めている内に、ようやく気持ちが落ち着いてきた。

「それにしても……。どうしたものかな」

絶望から意識を逸らすため、正座したまま、ぼやっと口に出してみる。真剣味も実感も、何の感情もこもっていない声が畳に落ちる。

絶望の次には、焦燥がやってきた。

——私は二年後には逝く。とにかく、達彦のことをどうにかしなければ。

その日、晴恵は達彦が帰宅する前にカレーを作った。

そして、遅くに帰ってきた後、いつものように自室にこもった達彦に、廊下から声を掛ける。

「母さん、ちょっと、今日は早めに休むわね。カレーはよそってラップしてあるから、食べる時に冷めてたら温めて。サラダと福神漬けは冷蔵庫よ」

そのまま晴恵は自室に入り、敷布団の上に正座して、スマホの電話帳を眺めた。

『小林雅代』

その文字をじっと見つめる。

——達彦では埒《らち》が明かない。とにかく、雅代さんと話さなきゃ……。

達彦が言っていたように、いつまでも教授になれない達彦を雅代が見限ったのであれば、達彦は今後ひとりで生きていくことになる。

だとすれば、早く達彦に病気のことを打ち明けて、ひとりで生きていく覚悟をさせておかなければ。

——とにかく雅代さんの考えを聞きたい。

だが、晴恵は達彦の妻、雅代が苦手だ。

自分は常識人だと自負している。が、学のない自分が、キャリアウーマンである雅代と、対等に話せるとは思えなかった。

それはつまらない劣等感ゆえだとわかっている。

人間にとって大切なのは、学歴ではなく、品性だ。それがわかっていても、雅代の前では、めっきり口数が少なくなる自分がいた。

その一方で、生活力のある、そしてエリート社員である嫁を頼もしく思ってもいた。

晴恵が働いていた保険外交の給料は、どれだけ契約が取れたかによって大きく左右され、収入は不安定だった。

それでも自力で達彦の学費を稼ぎ、彼の卒業後は両親の年金と自分の収入だけで鎌倉のこの家を守ってきた。老後に必要だとされる資金も何とか貯めた。

そんな晴恵にとって、経済的安定は何ものにも代えがたい。

――達彦はいい嫁をもらった。

苦手ながらも、心からそう思っていたのに……。

晴恵は意を決して、雅代の携帯に電話をかけた。

この番号に最後に電話をしたのは、母親の三回忌に送ってくれた御仏前のお礼を言った時だ。達彦の携帯電話を何度コールしても応答がなかったので、仕方なく雅代にかけたのだった。

耳に貼り付くような、呼び出し音に緊張した。が、単調なコール音が続くばかりで、なかなか電話に出ない。諦めて切ろうとした時、

『お義母《かあ》さん？』

と雅代の戸惑うような声がした。

その『お義母さん』という呼び方が、今までと変わらないことに、晴恵はホッとする。

「雅代さん……。こんな時間にごめんなさいね。あのね……。急なんだけど、明日、会ってもらえないかと思って。……ほんの少しの時間でいいんだけど」

沈黙があった。

いきなり電話をして不躾《ぶしつけ》だったかと思い、「いえ、明日じゃなくてもいいんだけど」と晴恵は気弱に続ける。

だが、雅代は意を決したような、きっぱりとした口調で答えた。

『わかりました。明日、そちらへ伺えばいいですか？』

その問いかけに、今度は晴恵が躊躇した。

明日は土曜日。達彦が家にいる可能性が高い。達彦が同席すれば、話がこじれるのは目に見えている。

「あ、いえ。いいの。雅代さんの都合がいい時間に、私がそちらへ行きます」

また、短い沈黙の後……。

『そうですか。わかりました。では十時にお待ちしています』

雅代は取引先の人間に対するように、丁寧な口調で言った。

約束を取り付けて少し安堵して、電話を切ろうとした晴恵に、雅代が『あの……』と、言葉を繋ごうとする。

「え？」

電話で突っ込んだ話をするつもりがなかった晴恵は、少しうろたえた。

今夜の時点ではまだ、何をどう話すべきか考えていない。その動揺が電話越しに伝わったのか、雅代は『いえ。では、明日』と事務的な口調で言って通話を終えた。


翌日、台所で朝食をとっている達彦に「ちょっと、マアちゃんと出かけてくるから」と嘘を言って、家を出た。

大船で電車を乗り換えて渋谷まで行き、そこからバスに乗る。達彦が教えてくれた、スマホの乗換案内が役に立った。

世田谷のバス停からはタクシーに乗り、持ってきた年賀状の住所をドライバーに伝えた。

発車する前に目的地を入力したカーナビの指示通りに車を走らせた初老のドライバーは、メーターが三回上がった所で、「このマンションだね」と車を停める。

車窓から見上げると、その建物は驚くほど立派であたかも一流ホテルのようだ。

晴恵は気後れしながらタクシーを降りた。

「お義母さん」

マンションのエントランスを見回している晴恵に、エレベーターから降りてきた雅代が駆けよってきて、声を掛けた。

最後に会った時と変わらない、明るすぎず暗すぎない色に染めたセミロングの髪。膝の少し上まである麻のチュニックに、白いパンツを合わせている。

そのまま銀座にでも出かけられそうな装いだ。

「お義母さん。わざわざ、すみません」

こんな状況でもまだ、自分を『お義母さん』と呼んでくれる嫁に、また安堵した。

「こちらです」

雅代の案内で、ロビーの奥にあるエレベーターに乗り、十二階で降りる。

その間、お互いに無言だった。相手の出方を探るような、ヒリヒリした緊張感のある沈黙。

「どうぞ」

玄関に用意されていたブランド物のスリッパを履き、招き入れられたリビングは広々としている。インスタで見たままの、高級感漂うスタイリッシュな空間だ。

統一感のある家具類。センスのいい、お洒落な電化製品たち。画像で見た時にも思ったが、まるでモデルルームだ。

雅代は香りのいい紅茶を運んできて、厚く切ったカステラと一緒に、センターテーブルの上に置いた。

「部屋、よく片付いてるのね。フルタイムで働いてるのに」

すぐには本題に入れず、当たり障りのない話をして、ティーカップに手を伸ばす。

「週に二回ほど、母が掃除に来てくれていて……」

雅代は申し訳なさそうに語尾を途切れさせる。

「それで仕事に集中できるのなら、頼ればいいじゃないの。自分の親なんだから」

晴恵も母親がいてくれたから、外交の仕事で夜遅くなっても、達彦のことを心配しないで済んだと思っている。

雅代もそうやって仕事を続けてきたのだろう。ましてや彼女は、大企業の管理職。晴恵の何倍も大変な思いをしてきたはずだ。それなのに……。

「雅代さん。ごめんなさい。達彦が勝手なことをしてしまったみたいで」

晴恵が頭を下げると、雅代は力なく笑った。

「いえ。確かに、請求書を見た時は、驚きましたけど……」

「は？　請求書？」

我ながら間の抜けた声で聞き返す晴恵を見て、雅代は、しまった、というような顔をした。

晴恵は、一方的に離婚届を置いて出て行ったことを『勝手なこと』と言ったのだが……。

「請求書って、何のこと？」

思わず語気を強めて問い詰める晴恵に、雅代は言いにくそうに打ち明けた。

「達彦さんの研究室、大学から実験費を打ち切られてしまったんです」

どうやら息子は、大学が実験費を打ち切るぐらい、見込みのない研究をしているらしい。

「そ、それで……請求書とは？」

先を聞くのが恐ろしかった。実際、晴恵の口から出た声は、小刻みに震えている。

「達彦さんのクレジットカードの利用明細もそうなんですけど、家《うち》の支払い関係の振り込みは全て私の仕事なので、『請求書在中』という朱書を見て、反射的に開封してしまったんです。そしたら、実験に必要な機械とか薬剤とか、そういうのを自腹で買って、研究を続けてしまったらしいことがわかって……」

「え？　じ、自腹？」

「はい……」

「それで、その研究は完成したの？」

先日の達彦の話では『あと少し』のところまでは来ている、と言っていたが……。

晴恵の問いに、雅代は自分の過失であるかのように項垂《うなだ》れ、力なく首を横に振る。

「それじゃあ……」

「大学からお金が返ってくる見込みはありません」

ここまで聞いてしまったら、全てを聞かないわけにはいかない。

「あの子が自腹を切ったお金っていうのは、一体……、い、いくら……」

口の中が乾いて、言葉が途切れてしまった。

「約一千万の借金が残ったみたいです」

——い、一千万ッ⁉

晴恵は心の中で悲鳴を上げた。その金額に、ふーっと意識が遠のきかける。

だが、雅代は冷静な口調で続けた。

「その請求書を見つけた時にはもう、達彦さんは大学に出勤した後でした。私も泊まりがけで関西出張に出る直前だったので、帰って来てから事情を聞こうと思っていたんですけど……。帰宅したら達彦さんがいなくなっていて」

嫁の口から聞かされる息子の無責任な行動に、耳を塞《ふさ》ぎたい衝動に駆られている。そんな晴恵を後目に、雅代は淡々と続ける。

「請求書をよくよく見ると、振込期限が来月末になってたんです。それで、どうするか話し合いたくて、何度か達彦さんに連絡したんですけど、電話にも出てくれなくて、メールにも返信がないし……」

大学から戻って、自宅に届いた請求書の封が切られているのを見た達彦は、借金が雅代にバレたことを覚《さと》り、家から追い出される前にここを出たのだろう。

——間違いない。

晴恵は啞然とした。想像の斜め上にあった真相に。

「何てことを……」

我が子の所業に呆れ果てた。

「あの人は研究のことしか頭にないので……」

雅代は力なく言葉を途切れさせる。彼女も呆れているのだろう。そんな雅代を見て、晴恵は申し訳ない気持ちでいっぱいになった。

「本当にごめんなさい！　私の育て方が悪かったの！」

その場に土下座して、息子の不祥事を詫びたい衝動に駆られた。

よく、いい年をした子供が起こした事件について詫びる親や親族の姿が、ニュースで報道される。それを見る度、いくら我が子とは言え、成人した子供の罪を親が詫びるのは理不尽だ、と晴恵は常々思っていた。

だが、今は、何の落ち度もない嫁に、息子の不始末を謝罪したい。さすがに土下座まではできなかったが、穴があったら入りたい思いだ。

「雅代さん。あの子が作った借金は、あの子に何とかさせるから……」

そうは言ったものの、達彦に一千万もの蓄《たくわ》えがあるとは思えない。自由になる大金があれば、自分で研究費を工面できただろうし、ここを出る必要もなかっただろう。

となると、晴恵が達彦に貸すしかない。その金額は、晴恵がコツコツ貯めた老後資金の半分にあたる額だ。

それでも、息子の尻ぬぐいをするためには、それしかない。晴恵は暗澹《あんたん》たる思いで覚悟を決めた。

「とにかく、借金のことと、離婚のことは切り分けて考えて欲しいの」

そう頼みながらも、切り分けられるわけないでしょ、と冷静なもうひとりの自分が心の中でツッコミを入れる。

一事が万事だ。勝手に借金をして、勝手に家を出て行くような夫と、今後生活を共にできようはずがない。

ところが……。

「離婚？　私はそんな気はありません！」

雅代が反論する。それは、これまで見たことがないような剣幕《けんまく》だった。

「え？　あ……えっと……。そうなの？」

逆に驚いて、あたふたした。晴恵は、もちろん雅代も離婚を考えているのだろう、と思い込んでいたからだ。

「私はこんなことで、達彦さんと離婚するつもりはありません」

「え？　そうなの？　え？　こんなこと？」

こんなことで、と雅代は簡単に言うが、普通に考えれば、十分すぎるほどの離婚理由だ。

「借金も、こちらで何とかしますから」

「嘘……」

雅代の気持ちが全く理解できない。

「ほ、本当に、離婚しないでやってくれるの？」

晴恵は半信半疑で、恐る恐る尋ねる。

「はい。達彦さんがここに戻ってくれるというのなら」

雅代がきっぱりと答えた。

「本当に？　本当に許してくれるの？　あの子のこと」

こんな仕打ちをされているのに？　冗談でしょ？　という本音は敢《あ》えて呑み込む。

「ご心配をおかけして、申し訳ありません」

雅代がゆっくりと頭を下げた。

夫が一千万の借金を抱えているというのに、雅代はそのことについては全く取り乱した様子はない。ただ、離婚はしない、という姿勢だけを前面に押し出してくる。

なんと頼りがいのある、そして寛大な妻だろう、と晴恵は感銘を受けた。

一方で、軽い違和感も覚えていた。

娘の穂香も嫁いだ今、ここに達彦がいなくても、何の問題もないような気がしたのだ。それなのに、価値観も違う、一方的に離婚届を置いて出て行くような夫をここに引き留めておく理由があるだろうか。

甲斐性《かいしょう》もないくせに、勝手なことばかりする夫。私が稼ぎのある妻なら、とっくに追い出している。

だが、雅代は達彦がここへ戻れば、許してくれるという。

晴恵には雅代の思考回路が全く理解できなかった。けれど……。

——と、とにかく、良かった……。

違和感という名の、もやもやした気持ちは残った。

それでも晴恵は肩の荷が下りたような気分で、帰りの電車に心地よく揺られた。

ウトウトして乗り過ごしそうになるほど、緊張がゆるんでいた。


違和感には蓋《ふた》をして、軽快な気持ちで帰宅すると、子供の頃のように顔を真っ赤にした達彦が、上がり框に仁王立ちになって晴恵を睨《にら》みつけていた。

「余計なことするなよ！」

鼓膜がビリビリするほどの大声で、達彦が怒鳴った。

「いい年して、そんな大きな声を出してみっともない。ご近所に聞こえるでしょ」

急いで玄関の戸を閉めた晴恵は、雅代から達彦にメールか電話で連絡があったのだ、と察した。

「なんで勝手に、雅代に会いに行ったりするんだよ！」

達彦の剣幕に圧倒されながらも、晴恵は我が子を説得しようと試みた。

「雅代さんは寛大にも、お前が戻ってくることだけを希望しているのよ。借金も雅代さんが何とかするって、言ってくれたの。別れる必要なんかないのよ。ちゃんとお前が雅代さんに謝って、あのマンションに戻れば、それで丸く収まるんだよ」

晴恵は全てが解決したような気分で、雅代から聞いた話を代弁した。

それなのに、達彦は、

「別れるって言ったら、別れるんだ！」

という捨て台詞を残し、二階への階段を上がって行く。

「もうッ！　いい加減にしなさい！」

その背中を追いかけ、晴恵も喉が痛くなるほど大きな声で怒鳴った。

が、部屋のドアを激しく閉めた達彦から返事はない。

我が息子ながら、情けない。

――こんな男を、どうして雅代さんは見限らないのだろうか。

母親の自分が言うことではないが、客観的に考えて、この息子に引き留めるほどの価値や魅力があるとはとても思えない。

疑問は消えなかった。

第3章

1

翌日、マアちゃんが家に来た。

「ハールちゃん！」

マアちゃんの表情は明るい。医療センターから帰る車の後部座席で大号泣したことなど、なかったかのように。

やっぱり耳の後ろのホクロは記憶をリセットするボタンなのではないだろうか、という疑念が久しぶりに頭をもたげる。

「昨日はどこに行ってたの？」

どうやら、晴恵が雅代のマンションを訪ねていた時、マアちゃんがここへ来たのだと察する。

「え？　あ、ちょっとね。マアちゃん、もしかして、昨日も来てくれたの？」

「うん。勝手に上がり込んだら、たっちゃんと鉢合わせになっちゃって。たっちゃん、廊下で私の顔を見て、腰を抜かすほど驚いてたわ。そりゃ、そうよね。家族でもないオバサンが勝手に家に上がり込んでるんだから」

それがわかっていても、やってしまうのがマアちゃんだ。達彦にはマアちゃんと出かけると言ってあったので、その狼狽《ろうばい》ぶりが目に浮かぶようだった。

「たっちゃんが後ずさりしながら、遠巻きに『母は出かけています』って言うから、ハルちゃんに渡しといて、って漢方薬を渡したんだけど」

「漢方薬？」

「民間療法みたいなもんよ。免疫力が上がるんだって。受け取ってないの？」

昨夜は達彦が怒り心頭で、それどころではなかった。

「え？　ああ。忘れてるのかしら。後でもらっとくね。ありがとう」

マアちゃんは、幼馴染の病気のことを忘れているわけではないようだ。ただ、深刻に考えないようにしているのだ、と晴恵は気づいた。

それからもマアちゃんは、晴恵の病気に効くと言われる物を、ちょくちょく持ってくるようになった。

それは薬や食べ物のこともあれば、霊験《れいげん》あらたかだというお守りやお札のこともあった。

「マアちゃん、気持ちは嬉しいけど、くれぐれも高価な壺とネックレスと印鑑は買わないようにね」

彼女の熱心さは、いつか自分のために霊感商法にハマってしまうのではないか、と晴恵を危惧させた。

「か、買わないわよー、そんなもの」

マアちゃんは笑っているが、その笑顔は心なしか引き攣っていた。

一方の達彦は、晴恵が雅代を訪ねた日の夜以来、自室のドアに鍵をかけるようになった。

そして、トイレや歯磨きなど、必要最低限しか部屋から出て来なくなり、廊下で晴恵と鉢合わせになっても、口を利くどころか、挨拶さえしない。

それでも、気がつくと、台所に置いてあるゴミ箱のゴミの量が増えている。どうやら、晴恵が買い物に行っている時や、寝ている時間を見計らい、台所にあるカップラーメンや冷蔵庫の冷凍食品を勝手に作って自室で食べているようだ。

それだけでなく、脱衣場には着替えをした痕跡があるので、深夜、晴恵の就寝中に、こっそりシャワーを浴びているのだろう。

――これがよくテレビでも取り上げられている、引きこもりというヤツなのか。引きこもりなんて、家族の寛大さに甘えてるだけじゃないの。

晴恵が減ったインスタント食品を補充し、洗濯機に放り込まれている衣類を洗い、畳んで、脱衣場の棚に置いてやっているから成り立っている生活だ。

――そっちがその気なら。

晴恵は達彦の洗濯物だけ洗濯機から引っ張り出し、自分の衣類だけを洗った。

が、達彦が自分で洗濯をする気配はなく、脱衣場の汚れものはどんどん増えていき、ついに晴恵が根負けして息子の衣類も洗濯してしまった。

――いっそ、インスタント食品と冷凍食品の在庫を置かないようにして、兵糧《ひょうろう》攻《ぜ》めにしてやろうか。

そう思っているのに、買い物に行けばついつい、野菜がたっぷり入った無添加の冷凍焼き飯だの、値段のはる名店のカップラーメンだのを、買い物かごに入れている。

――五十五歳の引きこもりのために、食品を買い置きしてやるなんて。私も相当な親馬鹿だ。

それでも、世話を焼いてしまう。これまで手を掛けてやれなかった時間を埋めるかのように。

溜め息をつきながら、縁側で息子の部屋着を畳んでいた時、ふと目をやった仏間のカレンダーが六月のままになっていることに気づいた。

「え？　七月もあと一週間ほどで終わるっていうのに」

几帳面な晴恵にしては珍しい。病気のことやら、達彦の離婚問題やらに気持ちを囚われ、生活のルーティーンが狂っていたということだろう。

晴恵は苦笑いしながら、カレンダーを一枚めくった。すると、来週の水曜日、七月二十七日に丸印が付いている。

——何の日だったかしら……。

印を付けた日にちの下に書いてある、小さな文字に目を凝らした。その直後、「あ！」と、晴恵は大きな声を上げる。

一年前に、豪華列車で行く九州旅行を予約していたことを思い出した。それは、晴恵が生まれて初めて、自分で自分に御褒美を与えた日のことだった。

法事が終わった後、マアちゃんに『母の三回忌が終わって、もうやることがなくなっちゃった』と言ったら、マアちゃんが『何、言ってるのよ。これから自由にどこにでも行けるんじゃないの。ハルちゃんは今まで十分頑張ってきたんだから』と叱咤激励され、そうだな、と勢いで予約しに行ったツアーだ。

実際、晴恵は六十歳まで働きづめに働いた。

そして、彼女が定年になって間もなく、父親が認知症を患った。それ以来、母と二人三脚の介護生活が始まった。

町内会長も務めた経験のある父は、家族といる時は会話もおぼつかないのに、他人がいると不思議なほど頭がしっかりしていた。

介護保険適用のサービスを受けるには、要支援、要介護などの認定を受けなければならない。

認定は、かかりつけ病院の主治医の診断、市の職員による訪問審査などによって行われる。対象者が普通の生活を送るのにどれぐらい支障があるかによって、受けられるサービスの手厚さが決まるのだ。

だが、晴恵の父親は、市の職員や医師の前では、しっかりとした受け答えをし、いつもは上がらない手足を動かし、矍鑠《かくしゃく》として見せた。

結果、判定は要介護1。ほとんどの介護を晴恵と母親とでする羽目になった。

当初、父親は、歩行器のようなものでトイレや台所までの移動ができていた。が、やがて車椅子になり、最後は寝たきりになった。

要介護度は徐々に上がった。が、父親は施設に入ることを頑《かたく》なに拒み、自宅介護は実に八年に及んだ。

父親が亡くなったと思ったら、その四年後、今度は母親が病に倒れた。

だが、幸か不幸か、体調を崩して入院した母親は、そのまま帰らぬ人となった。

こんなに急に逝ってしまうとわかっていれば、もっとお見舞いに行ったし、食べさせてあげたかったものも沢山あった。あまりの呆気なさに、そんな後悔が残った。

が、父親の介護が長く続いたせいもあり、母が亡くなって寂しい反面、これで、もう自分はこの先、誰かの介護をすることはないのだ、という解放感もあった。

——私は頑張った。

マアちゃんが言ってくれた言葉を、自分に言い聞かせた。

幸せな結婚生活を両親に見せ、安心させることができなかった。その償《つぐな》いというわけではなかったが、サラリーの中からできる限りのお金を母親に渡した。

それもあり、両親には自分なりに尽くした、という達成感だけは残っていた。

あの時は、私なりにやり切った、と思いたくて、自分には分不相応な御褒美を与えたような気がする。母親が自分を受け取り人にしてくれていた終身保険の死亡保険金が意外に高額で、うっかり気が大きくなっていたこともあり……。

——勢いって、怖いわ。

旅行に行くという実感が、なかなか湧かない。

——こんな状況で旅行？　しかも、ひとりで？　本当に行くの？

デパートに行く時でさえ、真っ先にマアちゃんを誘う晴恵だ。が、今回はひとりで感傷に浸ってみたい、と決めた一人旅だった。九州という行き先には、秘めた思い入れがあるからだ。

とは言え、今は達彦のことと病気のことで、とてもそんな優雅な気分ではない。

——けど、私がいなければ、達彦も少しは頭が冷えるかも。

ひとつ屋根の下に母親がいるから、達彦も強気な態度を貫けているのだ。自分がいなければ、もう少し冷静に自分の将来を考えられるようになるかも知れない。

離婚して独りでここに住むとはどういうことか、現実を思い知らなければいけない時だ。

——よし！　私もひとりになって病気と向き合い、今後の身の処し方を考えよう。

晴恵はひとりで旅に出る決心をした。

彼女は台所でチラシの裏にマジックでメモを書き、中途半端な引きこもり生活を続けている達彦の部屋のドアの下の隙間から差し入れた。

《お母さんは来週の水曜日から九州旅行に行きます》

メモには用件だけを、簡潔に書いた。

すると、夜になって、晴恵が床に就こうとしていた和室の襖《ふすま》の隙間から、一枚の紙が差し入れられた。

《俺も行く》

その一文だけが大きく印刷されたコピー用紙だ。

——は？

口も利かない五十五歳の息子と旅行だなんて、想像もできない。

顔を合わせることさえ避けている母親と旅行しようだなんて、一体、どういう風の吹き回しだろうか。

理由を知りたくて、襖を開けてみたが、もう達彦の姿はない。

——もしかしたら、達彦は自分の生活費の心配をしているのだろうか。

母親がいない間にカップ麺や冷凍食品が尽きたら死活問題だ、と。

悶々として眠れなくなった晴恵は、達彦の部屋をノックした。が、返事はない。

——もう寝ちゃったのかしら。

達彦の部屋の前を離れた晴恵は台所でメモを書き、再び達彦の部屋のドア下から差し入れた。

《生活費は置いていきます》

御心配なく、と嫌味な一言を付け加えたかったが、そこは思いとどまった。

翌朝、台所のテーブルに置かれていたコピー用紙には、

《俺も一緒に九州へ行く》

と印字されていた。

――え？　本当に行きたいの？　どうして？

晴恵自身は旅行するような気分ではなかった。

達彦の離婚問題も解決していないし、自分の病気のこともある。

忘れていたぐらいの旅行だったせいか、気持ちはどんどん、一人旅に対して消極的になっていた。

晴恵が旅行をしたのは、十五年前の社員旅行が最後。あの頃は仲のいい同僚数人とつるんでいたが、今回はひとりでの参加だ。

いくら同じツアーとはいえ、初対面の人に気軽に話しかけられる性格でもない。

レストランの隅に、ひとりでぽつんと座り、食事をとる自分を想像したりした。

――まあ、親子で参加すれば、少なくとも、ひとりきりで食事をする事態は避けられそうだ

けど。

たとえ、無言だったとしても。

何より、達彦も非日常的な空気を感じることで、気分が変わる可能性がある。

――旅先で冷静になって、離婚を思いとどまるかも知れない。旅行が終わるまでに、達彦が離婚を思いとどまってくれたら……。

達彦と一緒にツアーに参加する方向へと、心が傾いた。

一週間近く、まともに喋っていない息子の思い通りに動いているのは悔しいが、これはいい機会になりそうだ。

そう考えて、すぐにツーリストに電話してみた。だが……。

『申し訳ございません。こちらのツアーは、満席でございます』

電話に出た旅行代理店の女性は、『既にキャンセル料が三割ほどかかる期間に入っていますので、今後、空きが出る可能性は低いと思うのですが、本日現在、もう十組ほどのお客様がキャンセル待ちをされております』と付け加える。

さすが、人気のクルーズトレインだ。旅行業界はコロナ第七波の影響でキャンセルがあいつぎ、大打撃を受けているという話なのに……。

晴恵は電話を切ってすぐ、チラシの裏にメモを書き、達彦の部屋のドア下から滑り込ませた。

《ツアーは満席です。やはり、今回は私ひとりで、行ってきます。留守番よろしく》

すると、夜、寝る頃になって、和室の襖が薄く開き、スッとコピー用紙が挟まれた。

「曲者《くせもの》！」

すぐさま、襖を開けた。

が、タッタッタ、と逃げていく足音が、廊下の奥の暗がりに消えていくだけ。

――やれやれ。

晴恵は襖を閉めて、印刷された文字を目で追い、唖然とした。

《ツアーをキャンセルして下さい。新幹線とレンタカーを予約しておきます》

それは晴恵が予想だにしない旅だった。

「つまり、パッケージのツアーじゃなくて、ふたりきりで九州を回るってこと？」

一週間近く、筆談しかしていない息子とふたりきりで旅行するなんて、想像だにしなかった。

それでも翌日、晴恵はツーリストに電話を入れ、自分のツアー参加をキャンセルした。もともと気乗りのしないツアーだったこともあり、達彦が一緒に旅行したいというのなら、そうしてやりたいという気持ちになる。違う空気の中でなら、お互い、歩み寄れるのではないか、その延長線上で口添えし、達彦の離婚問題を解決できたなら、という期待もあった。

幸いにしてキャンセル料は全額没収ではなかった。しかし、豪華ツアーの三割はそれなりに痛手だ。

そして、その後も、チラシとコピー用紙による応酬が続いた。

晴恵が買い物から帰ると、ダイニングテーブルの上にA4の紙が置かれていた。

《旅程を作るので、希望の観光スポットを連絡されたし》

達彦は意外なほど旅行に対して前向きだ。それにしても……。

「何よ、されたし、って。これって、私の旅行だったはずよね?」

すっかり達彦主導になっている。

憤慨したものの、なかなか希望する目的地のリクエストをすることができないでいた。それは晴恵が四十年近くも、胸に秘めてきた、『感傷』を象徴する場所だったからだ。

その日のうちに返事を書くことができないでいると、翌朝、達彦が神経質そうな顔をして、台所の特等席に座っていた。

「行き先、早く決めてくれないと、ホテルの予約ができないんだけど。俺、行き当たりばったりの旅行とか、無理だから」

責めるように言われ、晴恵は戸惑った。

「そうだけど……」

「出発は、もう明後日なんだからさぁ」

ふたりで行くのなら、出発はいつでもいいような気がした。が、達彦の中では当初のツアー出発日のまま、不動らしい。

こういう融通の利かないところは、昔から変わらない。

次の休みには遊園地へ連れて行く、と約束したが最後、たとえ台風でも、行き先を変えたがらなかった。今でこそ、そういう子供が一定数いると認知されているが、小学校の先生からは『学習態度は良いが、協調性がない』と評されたものだ。

「えっと……。私が行ってみたいのはね……。まあ、適当に、お前の行きたい所でいいわよ」

達彦と一緒に行くと決めた時から、感傷に浸る気分ではなくなっていた。

「もちろん、俺の行きたい所も入れさせてもらうけど、母さんの旅行なんだからさぁ、母さんが行きたい所も言ってくれないと」

母さんの旅行、と口では言いながらも、達彦の口調は高圧的だ。

晴恵はわけもなく卑屈な気持ちになりながら、遠慮がちに答えた。

「じゃあ……。温泉とか……。あとは阿蘇《あそ》の草千里《くさせんり》とか……」

そう答えると、達彦はなぜか冷ややかな顔になって、意味ありげに「ふうん。じゃ、熊本もルートに入れとくよ」と頷き、自室へ戻って行った。

それでもまだ、晴恵には息子とふたりで旅行するという実感が湧かない。

——旅先で機嫌が悪くなったら、また筆談になるのかしら。

2

それっきり、これといった会話もないまま迎えた旅行当日。

早朝、電車で品川駅へ移動した。

駅の構内では、通勤の会社員らしき人たちが行き交っている。

「そう言えば、達彦、お前仕事は?」

「夏休みだよ。前期テストの採点も終わらせたし」

さらりと答えた達彦が、スマホで予約したという新幹線のチケットを、券売機で発券しに行く。

そして、きょろきょろと辺りを見回している晴恵の傍に戻って来て、

「あっちだよ」

と、チケットを一枚差し出しながら、改札口を指さす。

達彦が、晴恵のボストンバッグを奪い、さっさと改札へ向かって行った。

——昔から、不器用だけど、根は優しい子なんだよね。

雨の夜、傘を持って、駅で待ってくれていた達彦の姿を思い出す。

——傘……。そう言えば……。

ふと、同僚たちに受けの悪かった、例の生保会社の男性社員のことも思い出した。

会社の玄関で、土砂降りの雨に足止めされて困っている晴恵に、彼は自分の折り畳み傘を押し付け、自分はずぶ濡れになりながら、駅の方角へ走って行った。

彼に対して見る目が変わった晴恵は、翌日、乾かした傘に、ちょっとした焼き菓子のセットを添えて渡そうと準備していた。

だが、その日から、その男性社員の無断欠勤が始まり、そのまま退職となった。

噂によれば、彼は承認ルールを無視した先輩社員と口論になり、経理部の上司は事情も聞かずに先輩社員の肩をもったらしい。

あの日、もう会うこともないおばさんだとわかっていながら、傘を渡してくれた若者の横顔が、どことなく学生時代の達彦と重なったのを覚えている。

「母さん、もう新幹線、来るって」

ホームでぼんやりと過去の出来事を回想している晴恵を、達彦が振り返った。

「ああ、ごめん、ごめん」

キャンセル料を引かれて戻って来た旅費は、全て達彦に渡している。あとは後ろをついて行くだけだ。

これまであまり誰かに頼ることが無かった晴恵は、久しぶりに気持ちが軽くなる思いだった。

その上、新幹線がホームに入ってくるのを見ると、いやが上にも旅行気分は盛り上がる。

「俺はどうせすぐ寝るから」

素っ気ない言葉で窓際の席を譲られた晴恵は、気持ちを躍らせながら車窓を流れる景色を眺めた。

品川を出て三十分ほどで、小田原城が見えた。それからまた三十分足らずで富士山も。

『海側の窓から見える富士山を、幸せの左富士って言うのよ』

そう教えてくれたマアちゃんのドヤ顔が甦る。

しばらくすると、浜名湖が見えて来た。

自分の生活圏から、どんどん離れて行く開放感。

名古屋を過ぎると、長良川、木曽川、揖斐《いび》川と大きな一級河川が続いた。

「え？　もう、京都なの？」

晴恵にとっては、遠い観光地だと思っていた古都に、品川を出てから二時間ほどで着いた。

京都駅を出るとすぐに、五重塔が見える。

——有名な塔なのかしら。

達彦に教えてもらったスマホのアプリで『京都　新幹線から見える　五重塔』と入力して検索すると、『東寺《とうじ》』と出た。

——あれは東寺にある五重塔が見えてるのね。

ひとりきりだったら、緊張して、こんな観光気分になれなかったかも知れない。

会話もほとんどない。隣で、ただ寝ているだけなのに、達彦が一緒だと思うと心強く、リラックスして景色を楽しむことができた。

うっかり、シビアな現実を忘れてしまいそうになるくらいウキウキしている。

——達彦の離婚も、私の病気も全て夢で、この旅行だけが現実だったらいいのに。

そんなことを考えている内にいつの間にか寝てしまい、気づけば広島を過ぎていた。

達彦はいつの間にか起きていて、何か読んでいる。表紙には遺伝子の模型みたいなイラスト。書かれているのは英語。どうやら外国の科学雑誌のようだ。

こんな難しそうな物を熱心に読んでいる。晴恵はその様子を見て思った。

——この子の価値観は、一般人には理解できないのかも知れない。親である自分でさえ、何を考えているのか、わからないことが多いのだから。

だからと言って、妻に無断で借金をし、一方的に離婚届を突きつけていい理由にはならないが……。

やがて、車内に音楽が流れた。もうすぐ小倉に到着する、というアナウンスが日本語と英語で続く。

達彦が立ち上がって荷物を下ろし始めた。

「え？　博多で降りるんじゃないの？」

急いで上着を羽織る晴恵に、達彦が、

「これ、旅程表」

と、ポケットから出した紙片をぶっきらぼうに差し出す。

飲みかけのペットボトルのお茶を、慌ただしくバッグに押し込みながら、降り立ったホームで、晴恵は四つ折りにされた紙を開いた。

素早く視線を落とした旅程表によれば、小倉から新下関まで戻り、レンタカーを借りて、関門橋を車で渡ることになっている。

——早く渡しなさいよ。

だが、自分の興味のためにわざわざ新幹線でひと駅引き返すこだわりは達彦らしい。

新下関駅の近くにあるレンタカー業者のプレハブのような事務所で手続きをし、用意されていた白いＳＵＶに乗り込む。その段になって、晴恵はふと不安になった。

「達彦。お前、運転は大丈夫なの？」

「普段は雅代の車の助手席にしか乗らないけど、何とかなるよ。筆記は満点だったし」

達彦はけろっとした顔で、スマホを片手に持ち、ナビに目的地をセットしている。

「筆記って……。それって、ペーパー・ドライバーってヤツじゃないの？　本当に大丈夫なの？」

「大丈夫だって。イメージトレーニングは完璧に済ませてるから」

急いでシートベルトを締める晴恵を後目に、達彦は慣れた様子でエンジンを温める。

「じゃ、出発するか」

最初は助手席で緊張していた晴恵だったが、走行は意外なほど危なげなく、車はしばらくして関門橋のたもとにある壇之浦《だんのうら》パーキングエリアに滑り込んだ。

新しそうな施設の一階には、広い売店とフードコート、それにトイレの表示。

だが、それらには目もくれず、達彦は階段を使って、上の展望デッキへ出た。

晴恵も後に続いて、手すりにもたれている達彦の横に立つ。

展望デッキからは、関門海峡が一望できた。青い水面《みなも》。対岸には門司港《もじ》。左手には白く輝く関門橋。その大きさに圧倒される。

――ここが壇之浦。驕《おご》る平氏が滅ぼされた場所か。

それほど日本史に興味があるというわけではない。が、壇之浦の合戦ぐらいは知っていた。

デッキから眺める海峡は、穏やかに凪《な》いでいる。だが、こう見えて、流れは激しいのだろう。

潮目が変わり、敗北を悟った平家の人々は、生き長らえて恥を晒《さら》すよりは、と、この海に次々、身を投げたという。確か、その時、安徳《あんとく》天皇はまだ六歳だったと記憶している。

本当か作り話かはわからないが、安徳天皇の祖母である二位尼《にいのあま》は、船の上で抱き上げた安徳天皇から『これからどこへ行くのか』と問われ、『海の底にも都があるのです』と答えたという。

――六歳……。それを思えば、七十五歳まで生きられたのだから、十分なような気もするが、人間とは強欲なものだ。命を限られた途端に、生への執着が生まれる。

晴恵の吐いた溜め息を、海峡を渡る強い風が奪い去った。

だが、達彦から見れば、七十五歳の自分は『もう十分に長生きした母親』だろう。それでなくても、これまでずっと疎遠だったのだ。母親がいなくなるからといって、それほどの喪失感もないはずだ。

——ただ、今のような引きこもり生活は、そう長くは続けられない。それを知らせておかなければ。離婚の話だけでなく、タイミングを見て私のことも話さなければ。

そう決心した晴恵は、土産物売り場で買い物をすることもなく、車へ戻った。

お互い無言のまま発車したSUVは、関門橋を渡った。

車はそのまま九州自動車道を走り、途中、北九州ジャンクションで東九州自動車道に入る。右手には緑の濃淡が美しい山々、左手には長閑《のどか》に広がる平野。ボンネットの上に夏空から降り注ぐ陽光。少しだけ窓を下ろして、風の匂いを嗅ぐ。

——気持ちいい。こんなに夏を感じたことがあっただろうか。

やがて、宇佐のインターチェンジがあることを報せるグリーンの看板が、見えてきた。ここで高速を下りるらしく、達彦がウインカーを出す。晴恵にはその横顔が、心なしか鎌倉の家にいる時よりも生き生きとして見える。

四十分ほど一般道を走っただろうか。達彦は、広い駐車場に車を滑り込ませた。

「降りてみよう」

「え？　ここで？」

旅程表によると、最初の観光地は『真玉《またま》海岸』となっている。

駐車場前の道を渡ると防波堤があり、切れ目から広い海岸に出ることができた。

砂浜へのアプローチがコンクリートの階段になっている。達彦が一番下の段に腰を下ろした。その横に、晴恵もハンカチを敷いて座った。

ちょうど干潮らしく、かなり沖の方までが砂浜になっていた。広い砂地の所々に、帯状に海水が残っていて、その部分が鏡のように空を映し、日光を反射している。

「ここは『日本のウユニ塩湖《えんこ》』なんて呼ばれてるんだ」

「すごいわね」

日本の有名な観光地は一通り知っている気でいたが、こんな所があったなんて、と晴恵は感嘆を漏らす。

達彦は多分、この景色を見たくて、一日目の目的地に大分県を選んだのだろう。

「本当に綺麗な所ね」

晴恵は思わず口に出した。すると、達彦が「だろ？」と晴恵の反応に満足そうな顔をした。

「ここは日本の夕陽百選に選ばれてるんだけど、調べてみたら、今日は日没の時間が干潮じゃないから」

だから、どうしても今日出発しなきゃいけないってことはなかったのに、という言葉を晴恵はすんでのところで呑み込む。

しばらく景色を眺めた後、達彦がジーンズの尻をはたいて立ち上がった。

「もっと見てたいんじゃないの？」

「また来ればいいし」

達彦はどうでもいいように言って、駐車場へと引き返し始めた。

晴恵は、次に達彦がここへ来る時、自分はまだ生きているだろうか、と考えながら、その背中に従う。

真玉海岸を後にして、周防灘《すおうなだ》に突き出した半島の海岸線に沿ってひたすら走り続ける。

時折り、視界が開け、木々の間から見える海はきらきらと陽光を反射していた。

途中、石仏やお寺などの観光地を示す看板があった。が、達彦はそれらには目もくれず、『恋叶ロード』という大きな看板が見えたところでウインカーを出した。

「ここに来てみたかったんだ」

広い駐車場に車を置いた達彦が、久しぶりに笑った。

「え？　ここに来たかったの？」

晴恵はギョッとした。

広い芝生公園の端に、カップルが喜んで写真を撮りそうなハート型のモニュメント。恥ずかしげもなく……いや、堂々と『恋人たちの聖地』と謳《うた》っている。

どうやら、ここは縁結びのスポットらしい。恋人同士らしき観光客が目につく。夫婦生活が破局を迎えそうな五十五歳の男が、好んで来たがる場所とは思えない。

「ここじゃないよ」

冷ややかに否定した達彦はモニュメントの前を素通りし、両側に木々の生い茂る坂道を下って行った。

——だろうね。

納得して、達彦の背中に従ってしばらく歩くと、石の階段があった。晴恵は手すりにつかまりながら、転ばないよう慎重に降りた。

——こんなところでこけて、寝たきりにはなりたくない。

町内で、そういう老人を嫌というほど見てきた晴恵だ。

階段を降り切ると、海の方を向いた小さな社が見えてきた。朱色の柱と白塗りの壁。その向こうには青い空と海。

「なんて大きな海……」

口から漏れる感想は平凡だが、そこから見た海は、今まで晴恵が見たどの海よりも美しく大きかった。水平線が真っすぐではなく、僅かに端が丸みを帯びて見える。

「写真、撮らないの？」

達彦がポロシャツのポケットからスマホを出しながら、ぶっきらぼうに尋ねる。それまで、自分からは必要最小限しか喋らなかったのに。

「え？　写真？」

「母さんのスマホの画素数、悪くないから、デジカメ並みに綺麗に撮れると思うよ」

携帯電話で写真を撮るという発想がなかった晴恵は、おずおずとバッグからスマホを出す。

「どうやるんだっけ？」

達彦は晴恵のスマホを覗き込み、

「このカメラのマークを選んで、このボタンを押すだけだよ。この画面でムービーのマークを選べば動画も撮れるし」

と、さも簡単なことのように説明する。

「ムービー……とかいうのは今度にしとくわ。カメラはこっちね？」

「カメラの向きを変えて自撮りもできるけど」

「それも今度にしとくわ。だから、普通の写真の撮り方だけ説明してちょうだい」

なぜか難しそうな操作ばかり教えようとする息子に軽い苛立ちを覚えながらも、晴恵は大人しくレクチャーを受け、スマホを色々な方角に向けて写真を撮った。この写真を、あとどれぐらい見返せるのだろうか、と考えながら。

ふとカメラを向けた先に、学生らしき男女が手すりから身を乗り出し、競うように小石を投げている姿が映った。

観察していると、どうやら、下の岩に小石を投げているようだ。

そう言えば、神社の売り場の三方に盛られた白い石を見た。眼下に見える岩のハート型の窪《くぼ》みに石が入れば、願いが叶うというルールのようだ。

晴恵は二個で百円の石を買った。

占いやゲン担ぎといったものを信じる質《たち》ではない。そんなことに使うのは、百円だって惜しい、と思ってきた。

が、今は神仏にも縋《すが》りたい。自分の病気が奇跡のように治癒《ちゆ》することが、一番の願いだ。

ひとつ目の石は力なく、岩の遥か手前に落ちた。

ふたつ目を投げる前に、ふと、海を見ている達彦の背中を見た。

——達彦の、この先の人生が、穏やかで幸せなものであって欲しい。

そう願いながら投げたふたつ目の石は、何とか岩まで届いたものの、窪みからは外れた場所に当たって跳ね、波間に落ちた。

——ま。ただの占いだからね。当たるも八卦《はっけ》当たらぬも八卦だ。

気を取り直し、駐車場へと引き返す達彦の後に続いた。

帰りの登り階段はきつかった。いつの間にこんなに体力が落ちたのだろうかと思うほど息が上がり、胸の辺りが苦しい。階段や坂道の途中で何度も立ち止まり、休憩し、息を整えてから足を進めざるを得なかった。

いやでも、心機能が低下している、という医師の診断が思い出される。

「母さん、ちょっと運動不足なんじゃないか？」

達彦が見下すような顔をする。

「そうかもね」

晴恵はムッとしながらも、同意した。が、達彦の、

「中野のおばさんと散歩でもすれば？」

という健康を気遣うような言い方は少し嬉しかった。

「マアちゃんは膝が悪いから」

「おばさん、見る度に増量してるもんな」

「痩せて、膝への負担が少なくなってからウォーキングを始める、って十年ぐらい前から言っ

てるんだけどね。痩せるためのウォーキングだと思うんだけど。あはは」

――そうじゃなくて。ここは、笑うとこじゃなかった。

晴恵は、ついつい、どうでもいい話をしてしまった自分に失望した。病気のことを打ち明けるいいタイミングだったのに、と。


悶々とする晴恵を助手席に乗せて国東《くにさき》半島を一周したレンタカーは、山の中の道を一時間ほど走り、別府にある立派な温泉旅館に着いた。

近代的なホテルと老舗旅館が融合したような、豪奢《ごうしゃ》で趣きのある佇まいだ。

「ちょっと奮発しすぎたんじゃないの？」

「まあ、こんなもんだろ」

建物を一瞥《いちべつ》した借金王が、偉そうに呟く。

チェックインして客室へ行くと、ベッドが置かれた洋室と、布団の敷ける和室が一体となった客室だった。

達彦の借金のことを考えると、こんな贅沢をしていいのだろうか、と気が重い。

が、借金を背負っている当の本人は、

「俺、食事の前に温泉、入ってくるわ」

と、早速、浴衣に着替え、鼻歌混じりに部屋を出て行く。現実を直視できないのか、割り切って楽しんでいるのか……。

何にしても普通の感覚ではない。

——私が作った借金でもないのに、なんで、私が気に病まなきゃならないのか。

晴恵は溜め息をつきながら、荷物を整理した。

「いや。今は何もかも忘れて楽しまなきゃ損だわ」

すっくと立ち上がった晴恵は、浴衣に着替え、負けじと露天風呂に向かった。

高級旅館だと思うせいか、行きかう宿泊客が皆、金持ちに見える。

スタッフの教育も行き届いているのだろう、すれ違う従業員たちは皆、感じのいい笑顔を浮かべて会釈をしてくれた。

一瞬、自分も裕福な宿泊客になったような錯覚をする。

優雅な気分で、広い大浴場を楽しんだ。

「あ〜。いい湯だった」

さっぱりして部屋に戻ると、ドアの前に達彦が所在なさげに立っていた。そして、晴恵の顔を見るなり、不機嫌そうな顔をして、

「母さん。出かけるなら出かけるって言ってくれよ」

と非難する。

「どうして？　ここで待っててくれなんて言ってないけど？」

「母さんが部屋にいると思ったから、俺、鍵を持たずに出たんだよ」

「何よ、それ。お前のうっかりミスじゃないの。私のせいにしないでちょうだい」

晴恵が言い返すと、達彦は憮然とした顔のまま、

「もういいよ。鍵！」

と、晴恵に向かって手を出す。

「え？」

「だから、部屋の鍵だよ」

「私も持ってないけど？」

「は？　オートロックなのに？」

「あ……」

自分が部屋を出たら、中に誰もいなくなるとわかっていたはずなのに、うっかり鍵を持たずに温泉へ行ってしまった。

「ホテルなんて滅多に泊まらないから……」

「もういい。フロントに行って、マスターキーで開けてもらう」

晴恵の言い訳を遮って部屋の前を離れた達彦が、しばらくして連れてきたホテルマンは、慇懃な態度で、恐ろしいほど丁寧に部屋のロックを解除した。

「どうぞ」

「すみません」

晴恵が謝ると、ホテルマンは「いいえ」と爽やかに微笑み、深々とお辞儀をして、去って行った。

――絶対、間抜けな親子だ、って思ったよね。

やはり、高級ホテルに泊まり慣れている、金持ちの宿泊客になりすますことはできなかったか……。

すごすごと部屋に入った晴恵は、黙って和室のテーブルに置かれている急須に手を伸ばした。茶筒からすくった茶葉を入れ、ポットの湯を注ぐ。

達彦は不機嫌な顔のまま、ベッドに腰掛けて雑誌を眺めている。多分、部屋から閉め出されるという失態に、プライドが傷ついたのだろう。

そんな息子を横目に見ながら、晴恵は二十分ほどかけてお茶を飲み、地元の銘菓らしきサブレを一枚食べた。

そして、フロントで決めた夕食の時間、六時になったのと同時に口を開く。

「もう夕飯の時間ね。そろそろレストランへ行く?」

時間を忘れて記事に熱中していたのか、達彦はハッと顔を上げ、「ああ」とナイトテーブルの時計を見た。

夕食は地元の食材をふんだんに使った豪華な料理だった。

上品な前菜に始まり、関《せき》アジや鯛《たい》の刺身、椀物、天ぷら、小鍋、赤牛《あかうし》のステーキまである。

が、達彦の機嫌はなおらず、完全な黙食だった。

3

次の日の朝食はバイキングだった。

交替でテーブルを離れたせいか、今朝も大した会話がないまま朝食を終え、熊本県に向けて出発した。

二日目は阿蘇を観光し、その後、一気に宮崎の都城《みやこのじょう》にあるホテルまで走る計画だ。

東九州自動車道から大分自動車道へ入り、快調に走る。昨日以上に山深い。

整然と植えられた杉の美しさ、自然に生えている広葉樹の森の雄大さに目を奪われた。

「山って、こんなに綺麗なものだったんだねえ」

空気の重い車内で、つい発した呟きに、達彦が答えることはない。

そのまま三時間ほど走っただろうか、阿蘇パノラマラインに入ると、それまでの景色とは趣《おもむ》きの違う、牧歌的なそれになった。

牧草に覆《おお》われた、なだらかな黄緑色の丘陵《きゅうりょう》が続いている。

しばらくして車が停まったのは、草千里の駐車場だ。

車を降りて見ると、目の前に広がっているのは、果てしない緑の大地。その中央に、青い池がある。左手には阿蘇山も見えていた。

圧倒的な絶景とはこのことだろう。

晴恵は爽快な気分になりながら、駐車場の柵《さく》にもたれた。いつの間にか、達彦も隣に立って、写真を撮っている。

——あの日、達彦とあんな風に喧嘩しなければ、もっと、こういう時間を持てたかも知れない。いや、あの後だって、自分から歩み寄るチャンスはいくらでもあったのに。

後悔に苛《さいな》まれる晴恵に、達彦が思わぬことを言った。

「母さんは、九州っていうより、熊本に来たかったんだろ？」

「え？」

不意に本心を言い当てられ、晴恵はドキリとする。

――そうだ。本当はひとりでこの景色を見て、感傷に浸りたかったのだ。

晴恵には、かつて再婚を考えた相手がいた。三十代半ばのことだ。

相手は母親の妹、晴恵にとっては叔母にあたる人の紹介で知り合った商社マン。

二年ほど付き合った頃、その人が、生まれ故郷の熊本に戻って、家業を継ぐことになり、一緒に来て欲しいと言われた。

彼が一番好きな景色だと言って見せてくれたのが、この草千里ヶ浜の写真だった。

――どうして、それを……。

晴恵の心の中の声が聞こえたかのように、達彦が真っすぐに前を向いたまま、再び口を開く。

「中学生の時、俺の父さんだっていう人が、学校の校門で、俺を待ち伏せしてたことがあるんだ」

それは中学一年生の春休みの部活の後のことだった、と達彦は言う。

「あの人が？　どうして？」

それは四十年も前のことだとわかっていても、晴恵は激しく動揺した。

「その人に言われたんだ。『母さんは再婚して熊本へ行くらしい』って」

「嘘……」

ずっと秘密にしていたことを、一番知られたくなかった我が子の口から聞かされ、頭から冷水を浴びせられたような気持ちになる。

母親が恋愛していたなんて、中学生だった達彦はどう思っただろう。

「母さんには結婚を考えてる人がいる、って、親戚の人がお父さんに言ったらしい。『それなら、お父さんの所には子供がいないから、うちに来て跡取りになってくれないか』って、言いに来たんだよ」

だが、父親の記憶が全くなかった達彦は混乱し、断って、逃げたという。

元夫が達彦を引き取りたがっているという話は、叔母を通して晴恵の耳にも入っていた。もしかしたら、晴恵の将来を案じた叔母が、達彦を引き取ってくれるよう晴恵の元夫に頼んだのかも知れない。経緯はどうあれ、十数年もの間、ほったらかしてきた息子を今さら奪おうなんて、身勝手にもほどがある。

絶対に渡すものか。

その気持ちは変わらなかったが、叔母から話を聞いた晴恵は、交際相手に、『離婚した夫が、息子を引き取りたがってるの』と言ってみた。試すような気持ちで。

すると、それまで『達彦君も、一緒に熊本へ来たらよか』と鷹揚《おうよう》に、温かい故郷の訛《なま》りで言ってくれていた男性が、少しホッとしたような表情を見せた。

そのどこか晴れ晴れとした顔を見て、彼の本心を知ってしまったような気がして、晴恵の気持ちは少し冷めた。

物心がついた頃から、父親がいない達彦が不憫だった。その達彦を、自分までが手放すなんて、絶対にできないと思った。

結局、知らない土地に行くことへの不安もあって、返事を保留にしている内に、その男性は熊本で見合いをして、結婚してしまった。

自分がプロポーズの返事を躊躇してしまったことが原因なのに、彼が結婚したと知った時はショックだった。

こんなに好きだったんだ、と思い知った。

夫と別れ、久しぶりに恋をした時のことを思い出すと、今でも当時の甘酸っぱい気持ちが蘇る。

「母さん、どうしてその人と再婚しなかったの?」

不意に達彦が聞いた。

「縁がなかったんでしょ」

軽い調子で答えたつもりだったのだが、達彦の顔は一瞬だけ、泣きそうに歪んだ。

「あの時、『母さんが再婚したら、俺はおばあちゃんの所に置いて行かれるか、一度は俺を捨てた父親と一緒に暮らすことになるんだ』って思って、メチャクチャ怖かった」

その喋り方は憔悴《しょうすい》を含み、少年時代の達彦に戻ったかのようだ。

晴恵の脳裏に、遊園地で迷子になった達彦が、迷子センターで自分を待っていた時の顔が髣《ほう》髴《ふつ》とする。長時間、号泣したのだろう。疲れ切った様子で、目の縁が真っ赤になっていた。

――そう言えば、結婚の話があったのは、達彦が中学一年の春休みだった……。

それは達彦が、『将来は医者になって、お母さんに楽をさせる』と言い出した頃と重なる。

それまで、なりたい職業の話なんて、一度もしたことがなかったのに。

「まさか、それで医者になるなんて言い出したの？」

「まあね。カネが稼げるようになる子供を捨てたりしないだろう、という打算もあったし、母さんを喜ばせたい、っていうのもあった。母さんがお金に苦労してきたの、知ってたから」

「じゃあ、どうして？　あの頃からずっと医学部を目指してたのに、なんで急に進路を変えたの？」

するとと達彦は急に顔をそむけ、バツが悪そうに阿蘇山の方に目をやった。そして、訥々と話し始める。

「中二の終わりに、生物の授業でカエルの解剖があったんだ。その時、俺、吐いちゃって。医学部なんて絶対ムリだ、って思い知ったよ」

自分が医者に向いていないとわかった時のショックは大きかっただろう。

それでも医者になりたくない、とギリギリまで言い出せずにいた十代の達彦の気持ちを考えると胸が痛む。

「重病の患者とか、その家族に接するのも気が重いし、適性がないと思った。自分はあんまり人づき合いが複雑じゃない職場で、好きな分野を一心に探究する方が向いてる、って」

晴恵は大いに反省した。達彦の気持ちも知らずに、出て行く日まで、

『お前が医者になるためだと思って、これまで身を粉にして学費を貯めてきたのに。学者なんて大したお金にならないんでしょ？　そんなことのために六年も学費を払うなんて馬鹿馬鹿しい』

などと、ネチネチ言ってしまった自分を。

ふと、自分に余命二年の宣告をした医師の顔を思い出した。必要以上に同情する風でもなく、冷たく突き放す風でもない顔だ。

不器用な達彦に、あんな芸当ができるとは思えない。人には向き不向きというものがある。

今ならそう思えるが、あの時は自分を抑えられなかった。

「あの時は、お前の将来のためと思って助言していたつもりだったけど、半分は自分のためだ

ったかも知れない」

「母さんのため？」

意外そうな顔をして、達彦が晴恵を見る。

「あの頃はまだシングルマザーなんてシャレた言葉もなくて、私みたいなのは『出戻り』って呼ばれてたの。『大変ね』とか『再婚しないの？』とか言われて。何となく、母子家庭というだけで、憐れみの目で見られてるような気がして仕方なかった……。だから、『女手ひとつで息子を医者にした母親』という尊敬の目で見られたかった。そういう見栄のようなものがあったと思う」

「それは何となく感じてたよ」

——え？

まだ十代だった少年が、母親の中の劣等感や野望を感じ取っていたなんて、考えたこともなかった。

「だから、なかなか言えなかったんだよ。母さんの希望を叶えてあげられない自分が悔しくて、申し訳なくて、あの頃は母さんの顔を見るのも辛かったよ」

晴恵は打ちのめされたような気持ちになった。

——私は子供に気を遣わせる、情けない母親だったのだ。

達彦がまた表情を隠すように、噴煙を上げる火山の方を向いた。

「まあ、この年になったら、母さんが誰と再婚しようが関係ないんだけどさ。ただ、母さんが九州に行く、って聞くと、何となく、あの時の自分が蘇ってきて、ひとりで行かせるのが嫌だったんだよ」

こちらに背中を向けた達彦の顔は見えない。が、長い間、言えなかった本心を吐露《とろ》するような、照れ臭さを含んだ口調だった。

「バカね。その人とは、もうずっと連絡を取ってないわよ」

「ふうん。そうなんだ。今なら祝福できるのに、残念だな」

冗談とも本気ともつかないトーンでそう言った達彦は、再びこちらを向いた。

胸のつかえがおりたように、表情を明るくしている。

こうやってお互いの気持ちを素直に言い合えたのが、あと十年、いや、せめて五年前ならどんなに良かっただろう、と晴恵はしみじみ考えた。

しかし、時は戻せない。明日になれば、今日にすら戻ることはできない。

今はこの瞬間瞬間を大事にしたい。

そう思うと、なかなか達彦の夫婦問題を切り出せなかった。楽しい旅が終了してしまうような気がして。

向かった。
達彦が草千里を見渡すデッキの柵を離れ、そのまま車に戻って、今夜の宿泊地である宮崎へ
「じゃ、行こうか」

4

今夜のホテルがある都城市は宮崎県といっても、鹿児島との県境にある。

昨日の温泉旅館ほどの高級感は無かったが、十分、立派なシティホテルだ。

客室の窓からは、桜島が見えていた。

「そろそろ、夕飯、行こうか」

昨日までのよそよそしい態度とは違い、達彦の方から声を掛けてきた。

昼間、草千里で、親子が断絶するきっかけとなった出来事について、お互いに当時の気持ちを打ち明けた。あの時から、達彦との距離が、縮まったような気がしていた。

――今夜なら、達彦の夫婦問題について、踏み込めるかも知れない。

その日の夕食は、ホテルから十分ほど歩いた所にある、地鶏づくしの居酒屋。

インターネットで見つけた、地元では評判の店だという。

一見、普通の民家風だが、中に入ると広い和室に数ヵ所、掘り炬燵《ごたつ》が設けられていた。それぞれの席に置かれた七輪で、客自身が鶏肉や野菜を焼いて食べている。

地鶏の炭火焼き以外にも、刺身やてんぷらなど、様々な郷土料理が出てきた。

幸い、料理は一度に提供され、他の客とは席が離れている。

チャンスだ。そう思って、晴恵が口を開いた。

「達彦、あのね」

「あ。母さん、こっちの肉、焼けてるよ」

「え？　ああ……。そうね」

達彦は何かを察したように、話を逸らした。

離婚の話題を切り出される、とわかっているようだ。よっぽど触れられたくないのだろう。

晴恵は息子をしばらく泳がせることにした。

自分でも白々しいと思いながらも、

「ほんとに旅行なんて久しぶり」

と、必要以上に声を弾ませた。

「景色も雄大で、食べ物も美味しくて。テレビの旅番組では見たことがあったけど、九州がこんなにいい所だなんて、知らなかったわ」

「これからは、俺がどこへでも連れてってやるよ」

借金王が地鶏をつつきながら、大口をたたく。

晴恵は、誰のお金で？　と言いたくなる気持ちをぐっと抑えた。

「そうね。ツアーだったら、こんなに小回りが利かなかっただろうし」

「だろ？　旅行はレール＆レンタカーに限るんだよ」

自分の旅程を褒《ほ》められ、達彦は上機嫌だ。

「旅行と言えばさ、雅代さんが送ってくれる年賀状の写真はいつも海外だったけど、家族で国内旅行もしてたの？」

晴恵が何気ない口調で雅代の名前を出すと、達彦の箸がギクリと止まる。

「う、うん……。まあ、穂香がいた頃は、年に二回ぐらいは国内旅行もしてたな」

「その時も、達彦がプランを立ててたの？　今回みたいに？」

その質問に気を良くした様子の達彦は、これまでの旅行プランをあげつらね、それらがいかに合理的で充実したものだったかを雄弁に語る。

「ふうん。仲のいい家族みたいだったのにねえ。どうして、こんなことになっちゃったんだろうねえ」

晴恵はさりげなく、離婚原因に踏み込んだ。

「まあ、他人にはわからない軋轢《あつれき》みたいなものがあるんだよ」

「だからね、その軋轢っていうものが、離婚に至るほどのものなのか……」

達彦が急に腹の辺りを撫でた。そして、晴恵の言葉を遮るように、

「あー。もう、腹いっぱいだ。すみませーん。お勘定、お願いします」

と、店員を呼ぶ。

晴恵は、ちっ、と心の中で舌打ちをした。――泳がせすぎたか。

だが、今、深追いすると険悪になりそうだ。

――やっぱり、この話は明日にしよう。

晴恵の気持ちはすぐに挫《くじ》け、問題を棚上げしてしまう。

やっと和解できた息子との旅を、もう少しだけ楽しみたかった。

店を出て、達彦と並んで夕暮れの道をぶらぶら歩いてホテルに戻った。

「こっちは夜になると涼しいな」

道の両側には林があり、別荘らしき洒落た家が点在している。

ゆっくりと来た道を引き返しながら、晴恵は、この時間がずっと続けばいいのに、と願わずにはいられなかった。

今夜の宿にも温泉があった。

汗を流して客室に戻ると、達彦がスマホを弄《いじ》っている。

「母さん。今日、撮った写真、ＳＮＳにアップしてみれば？」

その横顔はどこか清々しい。達彦も親子の溝が埋まったことを実感し、心地よく思っているのだろう。

「穂香がやってるようなインスタとかツイッターとか、ああいうヤツ、母さんもやってみれば？」

「けど、私がそんなの作ったって、見る人なんかいないでしょ」

「日記みたいなもんだよ」

日記か……。

それなら、と晴恵は、達彦からインスタグラムのアカウントの作り方を教わり、この二日間で撮った写真をアップした。

「この画像も使うといいよ」

いつの間に撮影していたのか、晴恵が撮っていなかった新幹線のホームや車内の様子、レンタカー、壇之浦の写真が送られて来た。

それらの写真を転用する方法も習い、アカウントにアップする。

日付や地名など、簡単な言葉を添えると、ちょっとした旅行記みたいに見えた。

「いいねえ」

自画自賛する晴恵を見て、達彦は満足そうな顔をする。

髪を乾かしてからベッドに入り、自分が作ったＳＮＳを開いてみた。

既に数件の「いいね！」がつき、『九州、いいですね！　私も来月、阿蘇へ行きます』という感想も寄せられている。

わけもなく感動した。自分の拙い絵日記に、花丸をもらったような気分だ。

ほっこりしながら、画面を閉じて布団にもぐった直後、咳《せき》が出た。

これまでも、体が温まると咳が出ることはあった。だが、夏場に咳き込むことはなかったような気がする。

死の影が忍び寄ってきているようで、急に背筋が冷たくなった。

咳はすぐに治まった。が、眠れなくなり、晴恵はベッドの上に半身を起こした。

反射的に、ナイトテーブルの上に置いていたスマホを手に取る。

自分がこの世にいなくなった後も、あのＳＮＳの写真は人目にさらされ続けるのだと思うと、わけもなくゾッとしたのだ。

思わず、アカウントにログインして、今日アップしたばかりの記事を非公開にした。

達彦は運転で疲れたのか、隣のベッドで大鼾《おおいびき》をかいている。

——年甲斐もなく、SNSなんてやってる場合じゃない。

明日が旅行の最終日なのだ。

隣のベッドで寝ている息子を揺り起こし、『雅代さんに謝って、ちゃんと話し合いなさい！』と説得したい衝動に駆られる。

けれど、達彦の性格上、この話を持ち出した途端、この旅は台無しになってしまうだろう。

今は達彦を、このまま寝かせておいてやりたい。

焦っているのに、大切なことを先延ばしにしている。意気地のない自分に、失望していた。

——明日こそ、話さなければ……。

5

翌日は桜島に渡り、観光した後は鹿児島中央駅でレンタカーを乗り捨て、最終で鎌倉に帰る予定になっていた。

旅程通りの時間に、鹿児島港から車に乗ったままフェリーに乗船。

下層部にある車両甲板から鉄のステップを登り、船室に入って、ボックス席から外を見た。

数日前に、桜島噴火のニュースが入り、島に渡れるのだろうか、と心配したが、主な観光地は入山規制エリアの外にあるとかで、フェリーは通常通り、二十四時間、運航していた。

「デッキに出てみようか」

達彦の提案に乗って、船室を出た。

風に乱される髪の毛を押さえながら、前の方へ歩いて行くと、正面に桜島が見えた。

「母さん。一緒に写真、撮ろうか」

意外なことを言って、達彦が右腕を伸ばし、スマホをこちらに向ける。

「こうやって撮るのを『自撮り』っていうんだよ」

撮影後、達彦から送られてきた写真を見た晴恵は、我ながらとてもいい顔をしてる、と思った。

桜島で下船した後、車は道路に積もる火山灰を巻き上げながら、海岸線を走った。

途中、鹿児島の市街地や、遠くに霧島連山までを見渡せる展望台に立ち寄ったり、林芙美子の像や文学碑を見学したりしながら、二時間ほどかけて桜島を一周した。

車内にいても日焼けしそうなほど、フロントガラスに照り付ける日差しが強い。

晴恵は外の景色を眺めながら、思い切って、

「雅代さんとは、もう無理なの？」

と聞いてみた。

無視されるかと思いきや、短い沈黙の後、達彦は重い口を開いた。

「穂香がいなくなってから、雅代は口うるさくなった」

それまで穂香に向けられていた関心が、達彦への過干渉に変わった、と達彦は雅代への不満を漏らし始めた。

「部屋を散らかすな、とか、食べ物の好き嫌いが多すぎる、とか、夜更かしするな、とか、身だしなみがなってない、とか」

「そんなの、お前のために言ってることじゃないの」

それらはどれも、親が子供に言うような、当たり前の躾のようなものだ。

そんなことを嫁に言わせてしまったことが、晴恵には恥ずかしかった。

「確かに俺はルーズかも知れないけど、今に始まったことじゃない」

「胸を張って言うようなことでもないけどね」

「とにかくうるさくて、家にいると息苦しいんだよ」

雅代が口うるさくなった理由は多分、空の巣症候群というやつだろう。

それまで手を掛けていた子供が巣立ってしまうと、愛情が行き場を失い、心を病んでしまう親が多いと聞く。

雅代の場合、行き場のなくなった娘への愛情が、『干渉』に形を変え、夫の達彦に向かったのかも知れない。

「それだけじゃない。雅代の承認欲求には、もう、うんざりなんだよ」

「承認欲求？」

「あいつは役員になることしか考えてない。もともと周りの人間から、認められたくて仕方ない人間なんだ」

「役員⁉　あの上場企業の？　素晴らしいじゃないの！　部長でも十分、凄いのに」

晴恵は、達彦の借金のことを、それほど気に病んでいる様子がなかった雅代の顔を思い出す。それだけの金銭的余裕がある背景を思い知った。

だが、達彦の横顔は侮蔑の表情を浮かべている。

「雅代の会社は、国の女性活躍推進法に先駆けて、女性幹部職の育成に取り組んできたからだよ」

そして、彼女はそのルートに乗って部長となり、間もなく初の女性役員になるのだという。

「それにしたって、女性が全員役員になれるわけじゃないでしょ。女性社員は何万人もいるんでしょ？」

達彦は晴恵の称賛を不快そうに、ふん、と鼻先で笑った。

「時流に乗った異例の出世だから、男性社員からの妬《ねた》みもあったらしい。周囲からの批判やら中傷やらに心が折れそうになることもあった、って、喋ってるのを聞いたよ」

「そうなんだ……。大変だったのね、雅代さん」

晴恵は目頭が熱くなる思いだった。

「けど、それまで俺は、そんな苦労話を聞いたことがなかった」

「会社の不平不満を家庭に持ち込まないなんて、立派なことじゃないの」

が、達彦は冷ややかに続ける。

「あいつ、役員の話が内定した時、大学時代の友達を家に招いて、『あとはもう次の役員改選を待つばかりなの。これでやっと、自分を蔑《さげす》んだ男どもを見返すことができるわ』って言って、高いシャンパンで祝杯をあげてたよ」

だが、達彦は、実際には雅代が泣いたり挫けたりしている姿を見たことがないという。それもあって、達彦も大学の愚痴は家庭に持ち込んだことがなかった、と。

「俺は研究の悩みを相談することもできなかった……。雅代も仕事の苦労を打ち明けてくれてたら、俺だって……」

そんなことを口にする息子の方が、女々しく見えて情けない。

「そんなの、勝手に借金する理由にも、離婚する理由にもならないでしょ」

「そりゃ、そうかも知れないけど。俺はそんな雅代に負い目を感じて、ずっと家庭を窮屈《きゅうくつ》に思ってたんだ」

そんな状況に加えて、研究の失敗と借金。プライドの高い息子は息苦しいを通り越し、窒息寸前なのだろう。

娘が結婚し、家に妻とふたりきりになってから、気持ちはますます離れていったという。

そこにコロナによるリモートワークが拍車をかけた、と達彦は続ける。

リモートミーティングで、妻が自分の保身のため、部下を激しく叱責する様子を見てしまい、嫌悪感しかなくなってしまった、と。

「正直、あんな彼女は見たくなかったよ」

達彦は憂鬱そうな顔だ。

――いやいや、それぐらいでなければ、女性が男性と同等に評価されるのは難しいだろう。ましてや、大企業で初めての女性役員を目指しているのだから。

「お前は女が外で働くことの大変さがわかってないんだよ」

晴恵は溜め息交じりに反論した。

「家のことや穂香の世話は全部、彼女の母親がやってたんだから、他の女性社員よりは有利だったはずだよ」

雅代の口からも、実母の力を借りていたことは聞いた。

「いいじゃないの、たまに手伝ってもらうぐらい」

「たまにじゃないよ。平日の昼間は毎日、お義母さんがマンションにいて、掃除とか洗濯とか料理とかしてるんだ」

「そ、そうなの？　雅代さんは週二日ぐらい、って言ってたけど？」

「毎日だよ！　過少申告もいいとこだ」

達彦の家庭は、雅代の母親という、黒子ありきで成り立っていたという。

「そ、それはそれで、大変だったわね。雅代さんのお母さんも」

晴恵は、達彦のマンションの、モデルルームのようなリビングを思い出した。

「雅代の母親は、雅代がキャリアウーマンとして働くために、うちの家政婦みたいに家事や育児をこなしてきたんだよ」

雅代の母は、高学歴高収入の娘を誇りに思っていて、彼女を大企業の役員に押し上げるため、必死で世話をしていたのだという。

「まるで、ステージママみたいね」

五十代の娘のために、そこまでやる母親も珍しい。

「雅代にも、その上昇志向がしっかり刷り込まれてたよ」

娘の穂香にはCAになることを勧め、パイロットと結婚することが勝ち組であるかのように洗脳していた。が、穂香の結婚相手が、エリート社員とは言え、航空会社の花形、パイロットでなかったことに、雅代は失望していた、と達彦は話す。

晴恵は大きな溜め息をついた。

「そんな風に、相手の悪いところばかり言い連ねても仕方ないでしょ。お前にだって、悪いところは山ほどあるでしょ？　言葉足らずで、嫌なことがあるとすぐ態度に出るところとか。だいたい、お前、休みの日に家事や育児を手伝ってあげたこと、あるの？　共稼ぎなのに」

晴恵に指摘された達彦は、むっつりと黙り込む。

それっきり会話もないまま、フェリー乗り場に着いた。

――やっぱりね。

晴恵は少し後悔した。

夫婦問題に踏み込むのは、品川に着く直前にした方が良かったかしら、と。

桜島に渡った時と同じように、車のまま鹿児島に戻るフェリーに乗った。

甲板へ出てみると、船の後ろを追いかけてくるカモメの群れが見える。

気がつくと、隣に達彦が立っていた。手すりにもたれ、ふたり黙って風に吹かれる。

晴恵はふと、海面を見下ろしながら、ずっと疑問に思っていたことを口に出した。

「それにしても、雅代さんはどうして、お前と離婚しようと思わないんだろうね」

——勝手に借金をして、勝手に家を出て、勝手に離婚するなんて言い出すような男と。

その本音は呑み込んだ。

「それも承認欲求のひとつだよ」

達彦が吐き捨てるように言う。

「雅代の会社には、彼女と同じ部長級の女性社員が他にもいるらしい。ただ、その女性たちは独身で、『人生の全てを会社に捧げてきた女たちよ』って雅代は見下してる。家庭と仕事を両立しながらここまで昇進してきた、っていうのが雅代の自慢なんだよ」

円満な家庭。充実したプライベート。そして、出世。全てを手に入れた勝ち組。それが誇りなの、と雅代は同級生とのリモート飲み会で豪語していたという。

確かに、彼女のＳＮＳには、仕事の記事はほとんどアップされていなかった。旅行や観劇にコンサート、家族での外食の様子や、友人との飲み会の風景など、私生活の充実ぶりが際立っていた。

「俺と穂香は、雅代の幸せな家庭を演出するアクセサリーみたいなもんだよ」

雅代が欲しかったのは、大学准教授の妻、ＣＡの娘を持つ母親という肩書だけ、と達彦は悔しそうな表情を浮かべている。

「雅代はそんな女だから、離婚したら世間から自分がどんな目で見られるか、それだけを心配してるんだよ」

そう言った時の達彦は肩を落とし、少し寂しそうに見えた。

雅代がそこまで世間体を気にし、職位に執着していたとは知らなかった。

――地位やお金より、徒労に終わるかも知れない研究の方が大事な達彦とは対照的だ。

娘という『かすがい』が独立してしまった今、達彦が雅代の元に戻るのは難しそうだ。

「俺、医者になってたら、違う人と結婚して、違う人生を送ってたのかな」

不意に達彦が細い声で呟く。

晴恵も、この年になって、熊本に嫁いでいたら人生が変わっていたのだろうか、と考えることが増えた。あの時、交際相手の希望通り達彦を元夫に渡し、熊本に嫁いでいたら、豊かで幸せな家庭を築いていたのだろうか、と。

そうしたら、無性に、自分が嫁ぐかも知れなかった熊本という土地に行ってみたくなったのだ。自分が来るはずだった、自分が好きになった男性を育《はぐく》んだ自然豊かな土地に。

「その気持ちはわからないでもないけど」

晴恵は理解を示した後、続けた。

「お前は頑固で無口でプライドが高いから、誰と結婚したところで、いずれストレスを溜め込んで、何かの拍子に間違った決断をしてしまうでしょうよ。そうなったら、また、一方的で身勝手な行動を起こすに決まってる」

口では息子を非難しながらも、晴恵は自分にも達彦と似たところがある、と痛感していた。

愛人を伴って自宅に帰ってきた夫のことを許すことができず、一度の歩み寄りもすることなく、離婚に応じた。

だが、自分にも落ち度はあった。

結婚が駆け落ち同然だったため、晴恵は母親に育児の助言を求めることができず、不安の中、ひとり必死で達彦の世話をした。

結果、まだ若かった夫が寂しい思いをしていることにまで、意識が回らなかった。

離婚の時も、つまらないプライドのせいで、慰謝料も養育費も請求せず、その後の生活に苦労した。

晴恵は自分自身に言い聞かせるように言った。

「相手の問題じゃない。うまくいくかいかないかは、自分自身の問題なんだよ」

達彦は反論することもなく、ムスッとして黙り込んだ。

――ほら、そういうとこだよ。

晴恵は心の中で指摘した。


午後四時四十五分に鹿児島中央駅から乗った『みずほ』の車内では、会話がなかった。博多で乗り換えた『のぞみ』の中でも、車内販売のカートを止めた達彦に「駅弁、選んで」と促されただけ。

晴恵は松花堂弁当、達彦はかしわ飯を黙食した。

弁当と一緒に缶ビールを一本空けた達彦は、すぐに通路の方を向いて寝てしまった。

窓の外はもう暗く、トンネルや山間を抜けた時に見える町灯りも少ない。

晴天に恵まれた二泊三日の九州旅行が、もう遠い過去のことのようだ。

旅行は楽しかった。

だが、夫婦を元の鞘《さや》に収めるための説得は不調に終わった。自分の病気のことも打ち明けられていない。

――どうしたものか……。

思案しながら、遠くにぽつんぽつんと灯りが見えるだけの、変わり映えのしない景色を眺めていた。が、東広島を通過した辺りから、記憶がなかった。

肌寒さを覚えて目が覚めると、新横浜駅だった。次の駅はもう品川だ。

達彦が無言で荷物を荷棚から下ろし始める。

鹿児島で雅代の話をしてから、達彦との会話はほとんど無くなった。親子の距離は、この駅を出発した時とあまり変わってないような気がした。

ただ、この旅でわかったことがある。

それは、息子が十代の頃に思っていたこと。そして、今現在、自分の家庭に対して感じていること。

その夜、北鎌倉の駅に着いたのは、日づけが変わる少し前だった。

第4章

1

旅先で雅代の話をして、晴恵が達彦を非難した直後、ふたりの間に流れる空気は険悪なものになった。

が、鎌倉に戻った翌日から、達彦との会話は少しずつ増え、食事も晴恵と一緒に台所でとっている。

三十七年前の心情を吐露し合ったことが、少しは影響しているのだろうか。

とはいえ、離婚についての話ができるような隙は見せない。

だが、借金の返済日は刻一刻と迫っている。

雅代の気が変わって、離婚届にハンコを押して区役所に出してしまったら、離婚が成立してしまう。

晴恵はじりじり焼かれるような焦りを感じているというのに、達彦は飄々と生活している。研究のことしか考えられない達彦は、このまま雅代に支えられて生きていくのが最善だ、と晴恵は思う。理由はどうあれ、雅代が離婚を望んでいないのだから。

だが、自分が余命を限られたせいか、息子の『息苦しさ』を知って、思うままの人生を歩ませてやりたい、という気持ちが強くなった。その究極の着地点が離婚なら、それはそれで仕方がない、と。

その反面、経済力も生活力もない、研究しか能のない息子が、自分の死後、この古い家で独り生活する姿を想像すると、胸が締め付けられる。

達彦の残りの人生を考える時、離婚する方がいいのか、しない方がいいのか、晴恵にはわからない。

ただ、わかっているのは、離婚しようがしまいが、達彦にひとりで暮らせるだけの生活力をつけてやらなければならない、ということだ。

——母親とは恐ろしい生き物だ。

結局、息子の身勝手なプライドのために離縁されそうになっている雅代や、自分自身の病気のことは全て後回しで、達彦の将来のことだけを考えていた。


その日、晴恵は達彦に提案した。

「このまま、ここに住むつもりなら、家事を分担してくれない？」

晴恵の頼みに、達彦は「いいよ」と軽く応じる。

「料理とか、洗濯とか、やってみたかったんだ」

やってみたかった、ということは、少なくとも、そのふたつについてはやったことがないということだろう。結婚前から、雅代がやってくれていたのに違いない。

「じゃあ、今日はまず、洗い物からやってみてくれる？」

「いいよ」

すっと立ち上がった達彦は、自分の前の食器を流しに運んだ後、

「で？　どれで洗えばいいの？」

と晴恵を振り返る。

「目の前にブルーのスポンジがあるでしょ？」

「じゃなくて、洗剤は？　どれ？」

「…………」

流しに置いているのは、食器用洗剤とクレンザーと漂白剤の三種類だけ。

――洗剤の区別もつかないのか……。

晴恵はげんなりしながらも、食器用の洗剤を取って達彦に渡した。

大量の洗剤をスポンジにつけて食器をこすりながら、洗い桶を使わずに、じゃぶじゃぶ水を流しながら洗っている。

水道代が気になった。が、とりあえず、今日は大目に見ることにした。

「洗ったら、この水切り籠に置いて、最後に布巾で拭いてね」

「わかってるよ、それぐらい」

そう言って、達彦が手を伸ばしたのは、手を拭くためのタオルだった。

「布巾はそっちじゃなくて、こっち」

呆れる晴恵に、達彦は「うちは乾燥まで食洗機なんだよ」と、言い訳をする。

「うちにはそんな文明の利器はないんだから、手洗いに慣れてちょうだい。それから、最後にお風呂に入った日は、バスタブを洗っておいてね」

そう頼んだ翌日、買ったばかりの風呂用の洗剤が半分以上、無くなっていた。

――やれやれ。どこをどんだけ洗えば、こんなに減るんだか。

晴恵が溜め息をついていると、脱衣場に現れた達彦が、

「今日は俺が洗濯してやるよ。洗濯機のマニュアル、読んどいたから」

と、勝ち誇ったような顔で言う。

黙って様子を見ていると、達彦は脱衣籠の中に投げ込まれている自分のパンツを一枚摘まみ上げ、洗濯槽に入れた。そして、洗濯コースのメニューを見ている。

「えっと……、念入り……いや、普通コース……かな」

「ちょっと待って！」

思わず晴恵が声を上げると、達彦はぽかんとした顔で「え？」とこちらを見る。

「あんた、パンツ一枚だけ、洗うつもりなの？」

「じゃあ、靴下も入れるか」

達彦は今履いている靴下を脱いで、洗濯機に放り込もうとする。

「そうじゃなくて！　パンツと靴下だけ洗うのに洗濯機を使うなんて、電気代とか水道代とか、もったいないじゃないの。洗濯物がある程度溜まってから、色物とそうでないものに分けて洗うのよ」

「へえ」

達彦は感心したように、小さく二、三度頷いた。

「それに洗濯機を回す前に洗剤を入れないとダメでしょ」

「それは……失念してた」

失念？　忘れていたというよりは、知らなかった、という風にしか見えない。

「洗濯はもういいから、お米、研いでちょうだい」

「米を……研ぐ？　包丁じゃなくて？」

「お米を洗うってこと」

「ああ。それぐらいなら」

軽く笑って台所に向かいかけた達彦が、ふと足を止め、「米を洗うって、台所用洗剤で、じゃないよな？」と晴恵に確認する。

「当たり前でしょ！　水で洗うのよ」

「冗談だよ。わかってるって」

どうだか。怪しいものだ。


その日、晴恵は九州土産を携《たずさ》え、マアちゃんの家を訪れた。

しばらくマアちゃんが家に来なかったからだ。

「どうだったの？　久しぶりの親子ふたり旅は？」

台所で、珈琲を淹れるのを手伝う晴恵に、マアちゃんが尋ねる。

「うん……。まあ……」

何となく、達彦夫婦の仲が破綻寸前だということを打ち明けられず、曖昧に言葉を濁す。

いつもなら追及の手を緩めないマアちゃんは、どこか元気がなく、「いいよね、息子とふたりで旅行なんて」と溜め息交じりにクッキーの缶を開ける。

「何かあったの？」

晴恵が尋ねると、マアちゃんは渡したばかりの九州土産を紙袋から出しながら、

「それがね。『私もハルちゃんみたいに、息子とふたりきりで旅行に行きたい』って、恭介に言ったのよ」

と事情を話し始める。

「そうなの？　それで？」

「その日の晩に嫁が来て『お義母さん、私も連れて行ってください』って言うわけ」

ついこのあいだ洋食屋で見た恭介の奥さんは、そんなことを言ってくるようなタイプには見えなかったのだが……。

「だから、私、言ってやったの。『何で私が、あんたの旅費まで出さなきゃいけないの？』って」

「なんで、そんなことを……」

「だって、私も、息子とふたりきりで旅をしてみたかったんだもの」

マアちゃんが頬を膨らませる。

「それで？」

「そしたら、嫁が『じゃあ、私の分は自分で出します』って言うわけよ」

「お嫁さんも美容師さんだっけ？　きっと、それなりに蓄えはあるのね」

「それがそうでもないらしくて」

「は？」

「自分の出せるお金の範囲の旅行にしてくれって言うわけよ」

なかなか面白いお嫁さんだな、と晴恵は心の中で笑う。

「それで？」

「嫁が出してきたプランを見たら、青春18きっぷで名古屋まで行って、きしめんだけ食べて、トンボ返りする旅だったのよ」

若者が使うイメージしかないチケットを握りしめているマアちゃんを想像し、晴恵は吹き出しそうになる。

「もちろん、却下してやったわよ。『そんな貧乏旅行は嫌だ、やり直せ』って、言って」

マアちゃんは「膝の痛い私が、ＪＲの普通電車しか使えないチケットで名古屋まで行くなんて、有り得ないでしょ。下手したら、立ちっぱなしなのよ？　しかも、きしめん、って。せめて海老フライくらい食べに連れて行きなさいよ」などと、ブツブツ言っている。

「まあ、いいじゃない。そんな意地悪なことを言うお姑さんとでも、一緒に旅行したい、って言ってくれるんだから」

「意地悪⁉　私が？　どっちが意地悪よ！　恭介とふたりで旅行させようとしない嫁の方が、よっぽど意地悪だわ！」

マアちゃんが激昂する。

「まあ、まあ。それで、旅行の話はどうなったの？」

「別に、どうもならないわよ」

マアちゃんが投げやりな口調で言って、唇を尖らせる。

「その日の夜、恭介が『澪に意地悪するな！』って、言ってきて。それで終わりよ。あんな風に嫁の肩を持つことなんて、今までなかったのに」

「ほら、やっぱり。誰が聞いても、嫁いびりにしか聞こえないのよ」

ついに息子にまで、意地悪な姑認定されてしまったようだ。

「いいや。嫁があることないこと告げ口したに決まってるわ」

そう反論しながらも、マアちゃんの元気がなかった理由がわかった。

晴恵が持参した、九州銘菓、誉の陣太鼓とめんべいを開けようとはせず、しょんぼりしている。

「マアちゃん。一日も早く仲直りしなさいね」

晴恵に言えるのはそれだけだった。

2

そして、九州から帰ってきて一週間余りが経った土曜日。

晴恵は再び、雅代の許を訪れる決心をした。また達彦に『余計なことをするな』と怒鳴られるかも知れないが、どうしても雅代に話したいことがある。

――とにかく今は、達彦の気持ちを楽にしてやりたい。

前の晩、雅代に連絡した後で、晴恵はいつも鏡台の引き出しの底に仕舞っている二冊の通帳を出した。

まだ、利率が良かった頃、コツコツ貯めた郵便局の定額貯金だ。当時、非課税になるのがひとり一千万円までだった。自分名義の通帳と達彦名義の通帳に、それぞれ一千万ずつ入っている。達彦の通帳には、贈与税がかからないよう、毎年、少額ずつ入金した。

他の銀行口座にも、多少の蓄えがある。だが、そちらは法事のために使ったり、リフォーム代に使ったり、と少しずつ減っていった。

この二冊は自分の老後資金だ。これにだけは、絶対に手をつけまい、と心に決めていた。でも……。

――この一冊は、名義通り、達彦のために使おう。


晴恵は達彦名義の通帳をバッグに入れ、前回と同じように、電車とバス、そしてタクシーを乗り継いで、世田谷のマンションの前まで来た。

その瀟洒な外観を見るのは二度目。なのに、やはり圧倒される。

晴恵はバッグを開け、そこに貯金通帳があることを確かめた。

これだけが……、自分の半生をかけて貯めたこのお金だけが、自分の唯一の武器であるような気がしていた。

「お義母さん」

雅代はロビーで待っていた。昨夜、電話で、『下に着いたら、連絡するわね』と、伝えておいたのに。

「わざわざ待っててくれなくてよかったのに。暑かったでしょ」

ハンカチで額の汗を拭いている雅代は、部屋着のような、丈の長いコットン素材のワンピースを着ている。前回と違い、軽装だ。

日焼け止めを塗っただけなのだろうか。メイクも薄い。そのせいか、顔色が悪く見え、いつになく弱々しい印象だった。

「どうぞ」

通されたリビングは、前に来た時よりも殺風景になっているような気がした。

「私が留守の間に、達彦さんが私物を少し、持ち出してるみたいで……。本とかＤＶＤとか」

リビングを見回している晴恵に、困惑顔をした雅代が言う。

「そうなの？　あの子、そんな姑息《こそく》なことを……」

雅代と鉢合わせになって、自分の自尊心を傷つけられたくない一心なのだろうが、小心者の行為に思えて、情けない。

「ごめんなさい」

この年になって、また、息子の代わりに頭を下げている。

俯いた晴恵は、床に敷かれている雪のように白いラグを見て、達彦が小学生だった頃のことを思い出した。

あれは三年生の冬休み。どうしてもスキーキャンプに行きたい、と言い出したことがある。しかし、そのキャンプは学童クラブに所属する子供たちが行くキャンプであり、学童を利用するには月々それなりの費用がかかる。利用する必要のない学童に通うことに晴恵は反対した。が、晴恵が反対すればするほど達彦は頑固になり、どうしても「行きたい」の一点張り。これまで自分から何かがしたいと言い出したことがなかったこともあり、仕方なく学童への加入を認めた途端、達彦は「やっぱり放課後は自由に遊びたいから、学童には入らない。キャンプも行かなくていいや」とケロッとしていた。

中学一年の時には、入ったばかりのバレーボール部を辞めると言い出した。せめて夏の試合まで頑張れ、と言ったがきかない。根負けした晴恵が退部を認めた途端に気が変わり、達彦は中学三年の最後の試合まで頑張る、と気持ちを変えた。

達彦は自分が言い出したことに固執するタイプだった。「ダメだ」と言われると、余計に反発したものだ。

「雅代さん……。あの子は滅多に強い主張をしないけど、一度言い出したら、何かのきっかけがない限り、曲げられない子なの。昔からそういう気質なの」

そうやって息子を弁護していると、達彦の性質を容認し、甘やかしてしまった自分が情けなく、自然と溜め息が漏れる。

「達彦さんの性格はよくわかっています。ただ……」

今回ばかりは度が過ぎてる、という言葉を雅代が呑み込んだのがわかる。息子はいい年をして、『気質』という言葉では到底片付けられないことをやっているのだ。

晴恵はソファからずり落ちるようにして、白いラグの上に膝をついた。

「本当にごめんなさい。あの子のつまらないプライドには、私もなかなか折り合いをつけることができなかった。だから、あなたの怒りはよくわかるの」

下げた頭の上で、雅代があたふたする気配がする。

「お義母さん、やめてください」

哀願する雅代の顔を見ることもできないまま、晴恵はバッグから通帳と印鑑、そして委任状を入れた封筒を出し、センターテーブルの上に置いた。

「これで、達彦の借金は返済します。だから、もう少しだけ時間をちょうだい。あとしばらく、あの子を自由にさせてやって」

とはいえ、時間が経ったからといって、今のままでは、達彦が雅代の元に戻る可能性は低いだろう。これは時間稼ぎでしかないとわかっている。

だが、雅代は通帳を押し返した。

「私たちには冷却期間が必要だと、わかっています。でも、お金は要りません」

それは毅然とした言い方だった。

「私、役員になるんです」

「それは達彦から聞いたけど、それはあなたの努力の成果であって、達彦の借金を穴埋めするための報酬ではないでしょ？」

「これだって、お義母さんが自分の老後のために貯めたお金でしょう？　ずっと疎遠にしてきた私たちに、これを受け取る権利はありません」

確かに、滅多に顔を合わせることのなかった達彦を頼るつもりはさらさらなく、それ故に、贅沢らしい贅沢はせずに、自分の老後に備えた。これだけ貯めるのは容易なことではなかった。

「だけど、これは達彦のために使いたいの。もう、私にできることは他にないから」

自分が振り絞った言葉に、胸の奥がじんと痺れた。それは母性に酔っているような甘い痛みだった。

「お義母さんのお気持ちはわかりました……」

呟くようにそう言った雅代は、優しく晴恵の肩を抱いてソファに座らせた。

そして、長い沈黙の後、訥々と言葉を紡ぎ始める。

「私は達彦さんの研究を支えるために、役員を目指したんです」

え？　と、晴恵は視線を上げ、ようやく雅代の顔をまともに見ることができた。

意外だった。達彦からは、彼女自身の承認欲求のためだ、と聞かされていたからだ。

「本当は、部長になれたら十分だと思っていました。でも、五年ぐらい前から、達彦さんが『研究費が足りない』『また、カットされた』って、電話で同じ研究室の同僚にぼやいているのを聞いていて……。夫を援助するためには、もっと上を目指さないと無理だ、って思うようになって……」

ちょうどその頃、女性役員登用の話を営業領域のトップから打診され、彼女は一も二もなく承諾したという。

家に職場での苦労を持ち込めなかった、と達彦は嘆いていた。が、雅代は達彦の苦境をちゃんと理解していたのだ。

「でも……。達彦さんの気持ちが私から離れてしまった理由も、わかってるんです」

雅代の口調は、懺悔《ざんげ》をするような、神妙な、それになる。

「役員になるための考課の最終段階にきたタイミングで、リモートワークが増えてしまって……。何としても実績を上げなければいけない時なのに、自分の指示が部下にうまく伝わらなくて。それがとてつもないストレスで、自分でもびっくりするようなテンションで怒鳴り散らしてしまったんです」

そう告白した後、雅代は俯いた。

「それを達彦さんに聞かれてたみたいで。それ以来、私に対する態度が変わってしまいました」

「色んな重圧があったんでしょ？　そんなの当たり前よ」

慰める晴恵の方に目を向けた雅代は、泣き出しそうに眉を歪める。

「それだけじゃなくて、私のＳＮＳも軽蔑してるの、わかってました。でも、やめられなかったんです」

「インスタ……だっけ？　そんなの、今の人はみんなやってるんでしょ？」

今は公開していないが、晴恵ですらアカウントを持っている時代だ。

「私、仕事一辺倒の女だと、思われたくなかったんです」

それが達彦の言う『承認欲求』となって表れたのだろうか、と晴恵は想像する。

「私は理想の自分とか、幸せな家族とか、とにかく充実したプライベートを演出していました。冷静に考えるとただの自慢です。最初はそれだけだったんです。だけど、あれは、私が努力して勝ち取った戦利品の記録みたいなものだから……。沢山の人に見てもらいたかったし、褒めてもらいたかった。だけど、達彦さんはそういうのが、嫌いなんです」

達彦はそれを『価値観の違い』と表現していた。

ふと、以前にも感じた違和感が、晴恵の中で再び頭をもたげる。

「雅代さん。達彦はあなたと価値観も違うし、あなたが重視しているものを理解してもくれない。親の私から見ても、達彦は身勝手だし、不器用だし、決していい夫じゃない。それなのに、どうして……」

そんなに執着するの？　と言いかけて、言葉を選び直す。

晴恵がもう少しソフトで適切な単語を見つける前に、雅代が口を開いた。

「私、達彦さんが、自分の物差しだけを大事にしているところ、嫌いじゃないんです。ブランド品にも高級外車にも、全く興味がなくて、他の人が欲しいと思うようなものを欲しがらない」

「でも、そのおかしな物差しのせいで、雅代さんのやりたいことを理解してくれないんでしょ？　価値観の違いだとか、なんとか言って」

「ええ。矛盾してるかも知れません。けど、あの人は気に入ったものをどんなに古くなっても、それがたとえ安物であっても、ずっと大切にする人なんです。そういうの、今でも、素敵だな、って思います。自分はそんな男性に選ばれたんだ、っていう自負もありました」

三十年近く連れ添った相手を未だにそんな風に思える雅代の方こそ、本当に素敵だ、と晴恵は思う。

雅代は気を取り直したように、明るく微笑んだ。

「それに、ここまで来たら、もう意地なんです」

「意地？」

「ええ。あの人の大学院の後期分の学費を出した時、『私はこの人を、絶対に教授にしてみせる』と心に決めたんです」

晴恵は、『女手ひとつで息子を医者にした母親』という称号に憧れた、かつての自分を思い出した。

「ここまで連れ添ってきたんですもの。教授どころか、ノーベル賞でも獲って、授賞式に連れて行ってもらわないと、割に合わないわ」

サバサバと笑う雅代が、晴恵の目には潔く、眩しく見える。

——価値観の違いが何だ。承認欲求が何だ。私がいなくなった後、達彦を託せるのは彼女しかいない。

晴恵は感極まって、雅代の手を握った。

「雅代さん。ごめんなさい。本当に、あなたには感謝しかないの」

雅代は姑の手を握り返しながら、

「いいえ。私も悪かったんです。私は自分が出世することよりも、達彦さんの実験が成功して、教授になってくれることの方が嬉しい。でも、教授になって欲しいというのは、私の勝手な野望です。だから、それが達彦さんの負担になってはいけない。ずっとそう思ってたのに、知らず知らず、プレッシャーを与えてたんだと思います。だから、本当は私の方から、戻って来てください、って言いたいんです。けど……」

と語尾を沈め、唇を噛む。

達彦が鎌倉にいることを知っていながら、実家まで訪ねてくることをしないのは、雅代のささやかな抵抗だろう。

達彦の大学院後期分の学費を払い、おそらく生活費の半分以上を負担し、実母の力を借りながらとはいえ、家事や育児までひとりでこなしてきた雅代。

夫が勝手に作った借金まで何とかしようと思っている自分が、どうして義母のいる実家に出向いてまで、『帰って来てください』と頭を下げなければならないのか。

それは身勝手な夫を、更に増長させる行為なのではないか。

聡明な彼女はきっと、そう思っているはずだ。

「謝るどころか、会って話そうともしない達彦に、雅代さんから折れるなんて、必要ない。納得がいかないのは当然だわ」

達彦に対し、かつて同じ思いをした晴恵には、彼女の気持ちが痛いほどわかる。

言葉を途切れさせたままの雅代は、少し悔しそうな表情で、遠くを見るような目をしていた。

確かに、この夫婦は性格も価値観も違うようだ。が、不器用なところだけが似ている、と晴恵はそっと溜め息をつく。

それでも、雅代が研究のことしか頭にない息子の成功を祈りながら、今まで見放さず、生活を共にしてくれたことを思うと、晴恵は胸が詰まった。

涙ぐんでいる雅代が、晴恵には同志のように見える。

――この人に託すしかない。プライドばかり高いダメな息子を。

晴恵は再び、雅代の手を強く握った。

「雅代さん、お願い！　こんなこと、言えた義理じゃないとわかってる。けど、もう少しだけ、あの子に時間をちょうだい」

最初に哀願したのと、同じことを繰り返していた。けれど、今は、その猶予で達彦を説得し、ふたりを元の鞘に収めたいと切望している。

「お願い。あの子を見捨てないでやって！　私には……もう……」

時間がない。

達彦の面倒を見ることができたとしても、あと一、二年のことだ。自分がいなくなった後、達彦を理解してくれるのは雅代だけだろう。

それを伝えたかった。が、声が喉の奥に詰まり、言葉を繫ぐことができない。

自分の余命を口に出すと、それが本当になってしまいそうで恐ろしく、膝が震え出した。

「これは受け取ってちょうだい。私が達彦のためにしてやれることは、これが最後だから」

印鑑と通帳、そして委任状を入れた封筒を雅代の手に握らせた晴恵は、逃げるようにして部屋を出た。

3

家に帰ると達彦が洗い物をしていた。その横に、なぜかマアちゃんが立っている。

「今、たっちゃんに、ハイターで茶渋をとる方法を教えてたとこよ」

晴恵の帰宅に気づいたマアちゃんが、こちらを振り返ってニッコリと笑う。晴恵の留守中に上がり込み、洗い物をしていた達彦を指南してくれていたようだ。

「あら、もうこんな時間？　そろそろ帰らなきゃ。明日、早いのよ」

腕時計などしていないのに、右の手首に視線を落とすのはマアちゃんの癖だ。

「明日？　どこか行くの？」

「長野よ。青春18きっぷじゃなくて、あずさ二号でね」

あずさ二号って、もう走ってないのでは？　と晴恵は首を傾げながらも、どうやらマアちゃんは恭介夫婦と仲直りしたようだと安心する。

じゃあね、と笑うマアちゃんは嬉しそうだった。

晴恵はエプロンをして、マアちゃんの代わりに達彦の横に立ち、水切り籠の中の皿を布巾で拭き始めた。

達彦は本気でここに住むつもりらしく、九州から帰って来てから、毎食後、洗い物をするようになった。

――まあ、離婚することになったとしても、元の鞘に収まったとしても、自分のことは自分でできた方がいいに決まってる。

今日は、雅代から連絡がなかったのだろう。鼻歌混じりの達彦に、晴恵の方から打ち明けた。

「今日、雅代さんに会ってきたの」

「え？」

驚いて湯呑みを落としかけた達彦が、ドキリとしたような顔で晴恵を見る。

「お前の借金は母さんが返すから。それを伝えに行ったの」

「え？　けど、それって母さんの老後の資金なんだろ？」

一瞬、綻《ほころ》んだ達彦の顔に、不安そうな表情が混ざり始める。

「まあね」

実際、蓄えが半分になるとは、想像だにしなかった。

「母さん、自分のやり残したことを考えてみたのよ」

晴恵の病気のことを知らない達彦は、その言い方に怪訝そうな顔だ。

「それはお前の借金を返して、お前が我慢できないと思ってる状況から、自由にしてやることだったの。離婚は、借金のことを抜きにして、雅代さんと話し合いなさい。対等な立場で」

達彦は消え入りそうな声で「ごめん」と謝った。それっきり、黙って行平鍋《ゆきひらなべ》の底をクレンザーでこすり続けている。

——穴が開きそうだわね。

どうやら、鍋の底の焦げを落とす方法も、マアちゃんから伝授されたようだ。

「それと、もうひとつ……。言っておかないといけないことがあるの」

水切り籠の皿を全て拭き終わってから、晴恵は切り出した。

まだ、鍋底をこすっている達彦は「何？」と何気ない声で聞き返す。

が、晴恵は緊張して、声が震えそうになる。知らず知らず、湿った布巾を握りしめていた。

晴恵は自分を奮い立たせ、続けた。

「母さん、癌なの。肺癌」

「え？」

流し台のシンクの底がトン、と音を立てた。そちらを見ることはできなかった。が、達彦が鍋を落としたのだ、とわかる。

「嘘だろ？」

「こんなことで、嘘をつくわけないでしょ」

晴恵はできるだけ冷静に言い返した。

「あと二年ぐらいだって」

感情的にならないようにと意識し過ぎたせいか、昨日見たテレビドラマの話でもしているようなトーンになった。

それでも、「嘘だ……」と呟く達彦の顔が、今にも泣き出しそうに歪んでいる。

どちらかと言えば表情の乏しい息子の、過剰に思えるほどのリアクションが意外で、晴恵は動揺した。

そんな顔を見せられると、胸が詰まる。息子の悲しそうな顔が辛い。この世に自分のことで、我が子を泣かせることほど辛いことがあるのだろうか、と思うほどに。

「まあ、私ももう七十五だし？　十分、生きたと思う。あんたも、もう五十五だし、母親がいなくなったからって、どうってことないでしょ？」

心にもないことを言って、達彦の気持ちを少しでも軽くしようと試みた。

が、達彦の目は赤く潤《うる》み、眉間は歪んだままだ。

「嘘なんだろ？　俺が雅代の所に戻ろうとしないから、そんな嘘をついてるんだろ？　嘘ついて、ここから追い出そうと思ってるんだろ？」

晴恵は涙を堪えて首を横に振り、達彦の顔を見ないようにして尋ねた。

「お前は母さんがいなくなっても、ここに独りで住み続ける覚悟があるの？」

「…………」

達彦は黙り込んだ。

「それでも離婚したいって言うんなら、止めないわ」

追い詰めているのは自分の方なのに、晴恵の胸は裂かれるように痛んだ。

達彦は、伏せた睫毛《まつげ》の下で瞳を泳がせている。究極の選択を突きつけられ、戸惑っている様子だ。

母親の病気が想定外であり、急に孤独の意味を知ったようだ。

それから数日、達彦は元気がなかった。

大学に出かけている間に掃除をした達彦の部屋には、癌治療で有名な病院や名医のランキングが載っている雑誌や、医療関係の本が持ち込まれていた。

先進医療や民間療法についても調べているようだ。

自分はとっくに諦めたつもりだったのに、達彦が望んでくれるのなら、もう少しだけ長く生きたい、と思った。


そんなある日。

台所で夕食をとっていた達彦が、「実は昨日、雅代が大学に来たんだ」と、切り出した。

「ふうん」

晴恵は故意に、興味のない口調で相槌を打った。

最近は、ＰＣの『インターネット検索履歴』を探るという高等技術まで身に着けた晴恵は、このところ達彦が雅代のインスタを頻繁にチェックしていることを知った。ログインパスワードは雅代に教えてもらっていた。

ただ、雅代のインスタは、以前のように頻繁な更新がない。

妻の近況がわからず、達彦は不安に駆られているはずだ。

それを知った晴恵は、雅代に電話をして、

『そろそろホームシックにかかっているようだから、申し訳ないけど、雅代さんの方から会いに行ってくれないかしら。でも、絶対、謝ってはダメよ。ただ、ちょっとだけ、弱いところを見せてやって』

と、頼んだのだ。

ふたりは大学のカフェテリアで、一時間ほど話したのだという。

「俺が家を出てから、仕事がうまくいってないらしい」

雅代が部下に発した、過去のモラハラ発言が、社内で問題になっているという。

それは役員昇格に影響するレベルのものではなく、部下を指導する際にはもっと言葉に配慮するように、と上司から注意を受けて終わったらしい。

だが、雅代は落ち込んでいるという。

別人のように元気がない様子の雅代が、会ってくれて安心した、と安堵の表情を見せたという。

「仕事が行き詰まってるだけじゃなくて、きっと、お前のせいで、精神的に参ってるんだよ」

それは嘘ではない。実際、二回目に会った時の雅代は顔色が悪く、元気がなかった。

「お前が妻子を守ってやらなくてどうするの？」

「わかってるよ」

達彦は雅代に弱い所を見せられ、ほだされた様子だった。

「それはそうと、お前、これまでのことはちゃんと雅代さんに謝ったんだろうね？」

問い詰めると、達彦は「ああ、そうだ」とズボンの後ろポケットから何かを取り出した。

「これ、母さんに返してくれって、雅代が」

それは雅代に預けておいた、達彦名義の通帳と印鑑だ。

「借金はふたりで返済することにしたから」

自信と余裕を取り戻したような顔で、差し出しながら、

「母さん、俺の名前で貯金してくれてたんだな……」

と、達彦がしみじみ呟く。

「それはそれとして、勝手に借金したことは、雅代さんに謝りなさい」

「それは……、一応……、今度会った時に謝る」

頭を下げる自分を想像しているのだろう。急に語気が勢いを失った。

「え？　今度会った時？　お前、まだ世田谷のマンションに戻らないつもりなの？」

すると、達彦は胸を張った。

「俺はここで、母さんの介護をすることにした」

「は？　介護？」

誰を？　と晴恵は思わず周囲を見回しそうになる。

まだ自分のことどころか、達彦の世話までしている晴恵には、自分に向けて発せられた『介護』という単語がピンと来ない。

「講義はリモートでもできるし、どうしても大学に行かなきゃならない日はヘルパーを雇えばいい」

「へ、ヘルパー……」

すっかり重病人扱いだ。

「雅代さんはどうするつもりなの？」

達彦を雅代の待つマンションに帰らせようと目論《もくろ》んでいた晴恵は慌てた。

「一緒に暮らしたければここに来ればいいし、別居でもいい」

「はあ？」

「交替で介護してもいいし」

「…………」

晴恵は雅代に介護される自分を想像し、混乱した。

無い無い、と思っているのに、そこまで考えてくれる達彦の気持ちは嬉しくて、何も言えなくなった。口を開くと泣いてしまいそうだったから。

それから一週間、晴恵は幸せな気持ちで過ごすことができた。

達彦は晴恵に優しく接し、家事も率先してやってくれる。マアちゃんとも打ち解け、晴恵と三人、縁側に座ってお茶を飲むこともあった。

――けど、このままでいいはずがない。


その夜、食後のお茶を飲んだ後、晴恵はふと、商店街の景品でもらった花火を思い出した。

「達彦。久しぶりに花火、しようか」

「久しぶりって、何十年ぶりだよ」

呆れたように言いながらも、達彦はバケツに水を貯め始める。

子供の頃、花火の後始末をするのは達彦の仕事だった。

ふたりで縁側に腰を下ろし、仏壇から拝借した蠟燭《ろうそく》に火をつける。

ぬるい風が微かに吹いていた。軒先《のきさき》に吊るした風鈴が、緩慢に揺れ、それでも涼しげな音を奏でる。

「ここで、おじいちゃんとおばあちゃんと母さんと、四人でスイカを食べたな」

懐かしそうに笑う達彦が手にしている花火の先端からは、青白い火花が噴き出している。

「お前は、スイカが芽を出すかも知れないから、って、種を全部、庭に吐き出したりして……。懐かしいねえ」

達彦はあっという間に消えてしまった花火の先端を、バケツの水につけ、

「俺、最近、医者になっとけばよかった、って思うんだ。そしたら、母さんの病気を治せたかも知れないのに」

と、今にも泣き出しそうに声を震わせる。

その声を聞くだけで、晴恵の胸の奥はズキリと痛んだ。

「馬鹿だねえ。親のために、やりたくもない仕事をするなんて、そんなの、親はちっとも嬉しくないよ。お前が医学部を諦めた理由だって、ちゃんと言ってくれてたら、母さんだって無理強いしたりしなかった。お前はやりたいことをやればいいんだよ。生きたいように生きなきゃ、人間、いつどうなるかわからないんだから」

そう諭《さと》しながら、晴恵の脳裏には生命保険会社を辞めてしまった青年の姿が浮かぶ。彼も、自分に合った職場に就職していれば、もっと楽に働けたかも知れないのに、と。

「俺、母さんの反対を押し切ってまで、研究者になったのに……。こんなことになって……」

達彦が弱々しい口調で、後悔を口にしかけた。

「今さら泣き言、言うんじゃないよ」

一喝《いっかつ》した晴恵は、雅代の言葉を思い出し、励ました。

「それに、コツコツ研究を続けてれば、いつかノーベル賞だって獲れるかも知れないじゃないの」

「いや、ノーベル賞はちょっと無理かも……」

「何、弱気なこと言ってるのよ。お前みたいに損得抜きで、研究が好きで仕方ない、っていう人間がノーベル賞獲らないで、誰が獲るのよ」

そうやって笑い飛ばさなければ、泣き出してしまいそうだった。

「とにかく、俺はこの家にずっといる。最後まで母さんを看病する」

「え？」

まだ何の症状も出ていない晴恵には、やはりピンと来ない。それでも、達彦は真顔で、

「だから、一日でも長生きしてくれよ」

と、泣きそうな顔で嘆願する。

「いや、そういうのは、私がもうちょっと弱ってから言ってくれる？」

そんな憎まれ口を叩きながらも、心の中では、天に召される自分を、ベッドの脇で看取ってくれる達彦を想像していた。母親としてこれ以上の幸せはないように思える。

だが、その時ふと、父親の介護が終わった日のことを思い出した。えも言われぬ解放感を。

父親は体が弱るにつれ小言が増え、言っていることもだんだん不明瞭になった。

いつ終わるとも知れない、長いトンネルのような時間。子育てと違い、必死に尽くしたところで、成長や改善がみられることもない、充実感や達成感からは程遠い、砂を噛むような日々が終わったあの日。

それは新しい生活の幕開けのように、清々しい気持ちになった日だった。

一方で、晴恵の母親の死に様は、天晴《あっぱ》れとしか言いようがなかった。

穂香の結婚式で、その矍鑠《かくしゃく》とした立ち居振る舞いを『とても九十五には見えない』と出席者から称賛され、ご満悦だった。

その一ヵ月後、『具合が悪い』と言って、ひとりでタクシーに乗って病院へ行き、検査をした結果、そのまま入院となった。

三ヵ月の入院生活を経て、病状が固定したため、退院の話が出た。

『もう入院して治療をする状況ではない』

医者がそう断言するぐらい検査数値も良く、本人も元気そうだった。

安心した晴恵は見舞いよりも、自宅を整えることを優先した。

頭の方がしっかりしているだけに、施設に預けるのも忍びなく、晴恵は自宅介護を覚悟したのだ。

また、介護が始まるのか、という失望感と、親なのだから当たり前だという義務感とがせめぎ合った。事情はどうあれ、出戻った自分は、母親に心配と迷惑をかけた、そんな負い目もあった。

だが、母は自宅に帰ることなく旅立った。晴恵の本心を知っていて、娘に面倒をかけまいとするかのように。

お通夜も葬儀も秋晴れの涼しい日で、『最期の最期まで迷惑をかけない人だった』と、参列者はその人柄を口々に褒め称えた。

父親のように家族に負担を強いる最期になるのか、母親のような手のかからない最期になるのか、それは神のみぞ知る、だ。

「やっぱり、最後は線香花火だな」

達彦が小さな袋を開け、その中の一本を晴恵に差し出した。

晴恵は蠟燭の火を線香花火の先に移しながら、心の中で賭けをした。

この線香花火が最後まで美しく燃え尽きたら、達彦の介護を受け入れようか、と。

自分の最期など、どんなに想像してみたところでわかるはずもない。

賭けのような占いのような、人知の及ばない何かを、線香花火に委ねるような気持ちだ。

最初は勢いよく黄色い火花を散らしていた線香花火の先端は、やがてドロドロとした灼熱の塊《かたまり》になり、今にも地面に滴《したた》り落ちてしまいそうだ。

が、軸の先端にしがみついている小さな溶岩のような玉は、最後の力を絞り出すように、パチパチと幾何学的な形の火花を散らせている。

このまま、美しく燃え尽きてしまいそうだ。

けれど、占いなど信じない、賭け事もしたことがない晴恵の気持ちは、最初から決まっていた。達彦が「母さんの介護をする」と言い出した時から。

晴恵は線香花火が燃え尽きる寸前に、故意に軸を揺らした。自分の病気を恨みつつ。オレンジ色に輝いていた花火の先端が、縁側の踏み石の上にポツッと落ちる。

晴恵は石の上で黒くなった線香花火の丸い燃え殻に視線を落としたまま、できるだけ冷たい口調で言った。

「ありがたい話だけどさ。実は、お前が帰ってくるよりも前に、私は老人ホームに入ると決めてたのよ。誰の世話にもなりたくないからね」

「え？　なんで……」

絶句した達彦は急に立ち上がり、声を絞り出すように怒鳴った。

「俺はずっと親不孝してきたから、罪滅ぼしがしたいんだよ！　なのに、なんでそんなこと言うんだよ！」

そんなに後悔していたのか……。その叫ぶような声が胸に突き刺さる。

それでも、晴恵は静かに続けた。

「お前みたいな、自分のこともろくにできない子に介護されるなんて、真っ平だよ。私は、自分の世話は、プロに頼みたいんだよ」

「なんで……なんで……そんなこと……」

軽々しいことは口にしない子だ。達彦なりに、熟考した上での申し出だったのだろう。青白い顔をして言葉を途切れさせた達彦は、黙って腰を上げ、その場を離れた。

それでも、晴恵の決心は変わらなかった。

その日から、再び、達彦と会話のない日々が続いた。

親子の関係は振り出しに戻ってしまった。が、それでも晴恵に後悔はなかった。

翌月、晴恵が希望していた緩和ケアと終末期医療のついた老人ホームから、

『十月に退去される方がいて、部屋に空きが出ます』

という連絡が入った。

「ハルちゃん。ほんとに行っちゃうの？」

老人ホームに入ることに迷いはなかったが、寂しそうなマアちゃんの顔には、後ろ髪を引かれる思いだった。

「うん。もう、入居手続きをしたの。次、いつ空くかわからないから」

そう答えながらも、荷造りの手を止めない晴恵に、マアちゃんが、言いにくそうに尋ねた。

「ハルちゃん。私が人間ドックに誘ったこと、怒ってる？　本当は余命なんて、知りたくなかったよね？　私、ハルちゃんを誘わなきゃ良かった、って、今でも思ってる」

「まさか。誘ってくれて感謝してる」

「え？　感謝？」

マアちゃんは、晴恵の返事を疑うような目をしている。

「ほんとよ。余命を知らなかったら、私、雅代さんを訪ねたかどうかわからないもの」

きっと、苦手だった嫁に会うことを躊躇しただろう。ふたりの関係を修復することを先延ばしにし、達彦をだらだら実家に住まわせていたかも知れない。

マアちゃんと会話をしている間も、晴恵は引っ越し準備の手を止められない。部屋の空気がしんみりしてしまいそうで。

「ねえ、マアちゃん。この本、要らない？」

晴恵が中原中也の詩集を差し出す。

「要らない。私、活字は読まないの」

「潔いね」

そうやって、マアちゃんの相手をしながら、晴恵は黙々と、施設入居に必要な物をまとめ、宅配便で少しずつ送った。

「マアちゃん。施設には決まった面会時間があるから、たまには会いに来てね」

「何、言ってるのよ！　毎日、行くに決まってるでしょ！」

そう言って泣き出すマアちゃんから顔を背けるようにして、晴恵は荷造りを続けた。

4

十月。

入居の日が近づいてきても、達彦が晴恵の入る施設の名前や住所を尋ねることはなかった。

そして、険悪な関係を修復できないまま、晴恵は希望する老人ホームに入った。

そこはマアちゃんが持ち込んだパンフレットのように豪華な施設ではない。

だが、医師か看護師が二十四時間常駐していて、終末期医療もついている。

達彦名義の通帳が返ってきたおかげで、鎌倉の家を売らなくても、貯金と年金とで、二年ぐらいは余裕で過ごせそうな、生活しやすそうな優良施設だった。

「小林晴恵です。よろしくお願いします」

入居したその日、昼食の時間に、スタッフや入居者が集まる食堂で挨拶をした。

ざっと見渡したところ、入居者の七割ほどは普通の会話が難しそうな老人だった。残りの三割とは意思の疎通ができそうだ。が、打ち解けられるかどうかはわからない。


入居後も、体調は変わらず、『あと二年』という医者の予言に実感が湧かない。

晴恵は、退屈な日々を過ごす羽目になった。

入居は時期尚早だったかな、と少し後悔することもある。

が、たまに咳が出たりすると、不安になり、医師や看護師が常駐している施設にいることに安堵する。

――ここにいれば、具合が悪くなっても、誰かに心配や迷惑をかけることはない。

ただ、医師やスタッフにも、他の入居者たちにも、そういった本心を打ち明けたことはない。

大勢の中にいても、何となく孤独だった。

そんな単調で、気持ちがスカッと晴れることのない生活の中、宣言通り、毎日、面会に来てくれるマアちゃんと過ごす時間だけが楽しみだった。

その面会も、今は新型コロナの感染再拡大のせいで、サロンのガラス越しだった。しかも、一時間の制限つき、インカムを利用しての会話だ。

「そう言えばさ。私、庭で畑を始めることにしたのよ」

マアちゃんのやることは、相変わらず突拍子もない。

「え？　その年で？　今から？」

「そうよ。今だからこそ、よ。ハルちゃん、今の日本の食料自給率を知ってる？」

そう答える晴恵を見て、マアちゃんの顔が優越感を露わにする。

「知らないわ」

「四割いかないらしいよ。つまり、日本は食料の半分以上を輸入に頼ってるの。でも、いずれ世界的な食料危機が来るらしいわ。これからは農業の時代よ」

マアちゃんは本気らしい。

「あの鼻持ちならない嫁が『お義母さん、野菜を恵んでください』と泣きついてくるのを見て笑ってやるの。『お前みたいな役立たずに分けてやる食料はない』ってね」

マアちゃんの高笑いが、インカムから聞こえてくる。

「ハルちゃんも、こんな所さっさと出てさ、私のうちで暮らそうよ。一緒に農業しながら。具合が悪くなったら、私が面倒見るわよ」

「いいねえ。夢みたいね。意外に長生きし過ぎて、貯金が底をついたら、マアちゃんの所に住ませてよ、老々介護で」

晴恵はまだ見ぬ、マアちゃんの家庭菜園を想像する。適当な性格のマアちゃんが作る畑だから、きっと雑草だらけで、ごちゃごちゃしているに違いない。

想像した晴恵は思わず、ふふふ、と低く笑う。

「そう言えば」

マアちゃんが話題を換えた。

「この前ね、藤沢《ふじさわ》の駅で、二宮コーチを見かけたの」

それがすぐには誰のことかわからないくらい、晴恵の気持ちはそれまでの生活から遠ざかっていた。

「二宮……。ああ。ジムのコーチね?」

晴恵の頭の中に、掃き溜めに佇《たたず》む鶴のような若者の姿が髣髴とする。

「二宮コーチがどうしたの?」

晴恵が尋ねると、マアちゃんはキリスト教徒が祈る時のように、自分の両手の指を組んで見せた。

「こんな風にね、指をからめて歩いてたのよ、男の人と」

「え？　男？」

晴恵はギョッとして聞き返した。

「うん。すらっとした優しそうな三十ぐらいの男の人と。恋人同士みたいだった」

あまりにも意外な話に面食らった。が、何となく、合点がいった。

「つまり、二宮コーチにとって、女の人は、若かろうが年寄りだろうが、美人だろうが不美人だろうが関係ない。恋愛対象じゃないから、みんな『平等』ってことなのね」

だから、どの老婆にも、あんなに分け隔《へだ》てなく接することができたのか、と好感度が抜群だった若者の、爽やかな笑顔を思い出す。

「何だかもう、ジムの体験に行ってたのが、遠い昔のことのようだわ」

あの頃には二度と戻れない。そう思うと少し寂しかった。


施設に入った翌週には、晴恵からマアちゃんに報告するネタは無くなった。

日々の生活も、入居者も、スタッフも、全く変わり映えしないからだ。

提供する話題が尽きた日、マアちゃんが晴恵に聞いた。

「たっちゃんの負担になりたくないっていう気持ちは理解できなくもないんだけど、どうしてこんなに早く、鎌倉の家を出ちゃったの？」

その質問に、晴恵は迷いながらも、重い口を開いた。

心のどこかで、マアちゃんには知っておいて欲しい、と思っていたからかも知れない。

「私、達彦が十八の時から疎遠になっちゃったでしょ？　本当は、あの子にしてやりたかったことが沢山あったのよ。教習所に通わせてやるとか、成人式のスーツを買ってやるとか、そういう普通のことなんだけどね。だから、達彦が鎌倉に帰ってきた時、戸惑う反面、今の自分に何かできることがあれば、力になってやりたいと思ったの」

そう言って頬を緩める晴恵を、ガラス越しに見ているマアちゃんの目は潤んでいた。

「けど、私があの家にいたら、きっと達彦は私を拠《よ》り所《どころ》にしてしまう。たとえ、口を利かないほど険悪でもね。それはそれで、嬉しいことだったんだけど、雅代さんが私以上に達彦のことを考えてくれてる、ってこともわかったから、あの子自身が、自分には今の家族しかいないんだ、って思わなきゃ、いけないと思ったの」

これでやっと、本当の意味で親離れ子離れができたと思うわ、と晴恵は清々しい気持ちで笑った。

が、マアちゃんはしんみりと黙り込んだ後で、

「そう言えばさ」

と、目尻の涙を拭い、泣き顔のまま笑って話題を換えた。

「恭介ね、中学の頃、不良グループに目をつけられて、イジメにあってたみたいなの」

「え？　恭ちゃんが？」

言われてみれば、中学生の頃の恭介は気が弱く、線も細かった。それなのに、髪は茶髪で目立っていた記憶がある。

「そうなの。でも、私にはずっと黙ってて、今頃になって言うんだもん。びっくりしちゃったわよ。この前、急に、『久しぶりに達彦に会って思い出したー』とか言って」

洋食屋で会った時に、その頃の記憶が蘇ったのだろうか。

「恭介が不良たちから暴言を吐かれてても、たっちゃんが表立って恭介を庇《かば》うことはなかったらしいんだけど、休憩時間も登下校の時も、いつも一緒にいてくれたんだって。頭が良くて、先生に目をかけられてるたっちゃんが一緒にいてくれたから、手を出されることだけはなかった、って恭介が言ってた」

「そうだったんだ……。みんなの前で『やめろよ』とか言えたら、カッコよかったんだろうけどね」

不器用な達彦らしい守り方だ。晴恵は、中学生の頃の達彦を誇らしく思った。

——不器用でも、その優しさがあれば、きっと雅代さんともやりなおせる。

不意にマアちゃんが、「そう言えば」と、また話題を換えた。

「私、以前ハルちゃんに『聞いて！』って、何か話しに行ったことがあったでしょ？」

「ああ。そう言えば、そんなこともあったね」

晴恵はあの日の台所の風景を思い出す。

「あれね、テレビで『年を取ってからの友達は、それまで以上に大切だ』って、言ってたの。ほんとにそうだと思って、ハルちゃんに話しに行ったのよ。昨日、やっと思い出してさ」

思い出すのに、どれだけ時間がかかってるのよ、と晴恵は笑った。けれど……。

「ほんとに、そうね」

晴恵は静かに同意した。

「実は私、両親の寿命から察して、自分はあと二十年ぐらい生きるだろう、って思ってたのよ。でも、マアちゃんは、亡くなった中野のおじさんとおばさんの寿命からして、あと十年ぐらいかな、って思ってた」

「はあ？　勝手に先に殺さないでよ」

マアちゃんが、冗談ぽく頰を膨らませる。

「でも、自分が生きると思ってた二十年の内、残りの半分にマアちゃんがいないかも知れないと思うと、想像するだけで辛かったの。だから『先に逝く幸せ』ってあるんだなあ、と思って」

「やめてよ。そんなこと言うなんてハルちゃんらしくない。嬉しそうな顔して、私を勝手にひとりにしないでよ！」

目に涙をいっぱい溜めて、子供のように訴えるマアちゃん。

「なんでマアちゃんが泣くのよ」

「だって、ハルちゃんが泣かないんだもん……」

理由はわからない。小学生の頃から泣き虫だったマアちゃんより、強くなければいけない、と思ってきた。

今も、自分の代わりに泣いてくれるマアちゃんを見ると、涙が込み上げる。けれど、すぐに意識を逸らし、ガラス越しの秋空を眺めてしまう。

離婚してからはひとりの時でさえも、涙を堪える癖がついていた。

入居して一ヵ月が経っても、達彦が面会に来ることはなかった。

どうしても会いたければ、マアちゃんにこの施設の住所を聞くこともできるはずだ。だが、それをしないということは、達彦の中の怒りが収まっていないということだろう。

――それでいいんだ。一徹に私を憎めばいい。

そうすれば、達彦の気持ちが揺れることはない。晴恵は、お洒落なマンションのリビングで寛ぐ達彦の姿を思い描いた。

その夜、晴恵は熱を出した。

個室のベッドに横たわっていると、気弱になり、介護の申し出を拒絶された時の達彦の顔ばかり思い出す。

『俺はずっと親不孝してきたから、罪滅ぼしがしたいんだよ！　なのに、なんでそんなこと言うんだよ！』

怒りを含んだ声が何度も鼓膜に蘇り、晴恵を責める。

眠れなくなった晴恵は、怠《だる》さを堪え、スマホを手にとった。

都城のホテルで達彦に教えられ、アカウントを作ったＳＮＳを久しぶりに開く。

――いつか、達彦の怒りも収まり、私が作ったアカウントのことを思い出して探す日が来るかも知れない。

達彦がもっと年をとって、今の自分と同じような心境になった時、母親と一緒に旅行したことを思い出してくれたら嬉しい。

桜島で撮った写真もすべて追加してアップした後、晴恵は拙い指先で、迷いながら、達彦へのメッセージを書き加えた。

達彦がこれを読むのは、きっとずっと先のことで、その時にはもう、自分はこの世にいないだろう。

そう思うと、寂しいような、それでいて、少し気が楽であるような、複雑な気持ちだった。

エピローグ

朝晩の空気が冷たくなり始めた頃、晴恵は見舞いに来たマアちゃんの口から意外な事実を知らされた。

それは晴恵が、マアちゃんに頼み事をしたのが発端だった。

「マアちゃん、鎌倉の家を売ってくれる不動産屋さんを、探してもらえないかしら」

入居して二ヵ月が経っていた。

が、一度、熱が出ただけで、まだ、これといって体調に変化はない。

施設内を自分の足で散策できる晴恵は、利用料のことが心配になってきていた。

「万一、ここの利用料が足りなくなったら困るし、その時になって急に売れるかどうかわからないし」

本当はそれ以外にも売却したい理由があった。

最近、鎌倉の自宅に帰りたくて仕方がないのだ。もちろん、一時的な帰宅もできるが、そうすれば、二度と施設に戻りたくなくなるような予感がする。

いっそ、あの家がなくなれば、帰りたいという未練が断ち切れると思ったのだ。

でも……、とマアちゃんが言葉を濁した。

「昨日、ハルちゃんの家の近くで、たっちゃんを見かけたのよ。あの子、まだ鎌倉の家にいるんじゃないかしら。だって、ゴミ出し、してたもの」

「え？　ゴミ出し？　嘘でしょ……」

息子はもう、世田谷のマンションに戻ったものだと思い込んでいた。

「さっさと家に入って行ったから、声は掛けられなかったんだけど、家に帰って恭介に聞いたら、恭介も商店街で見かけたことがある、って言ってて。次のゴミの日にでも、現場を押さえてやろうと思ってたとこ」

坂道の治安を守るマアちゃんの鼻息は荒い。

「ほんとなの？」

晴恵は、愕然とした。

——まだ、鎌倉にいるって……。あの子は一体、どういうつもりなの？

いても立ってもいられなくなった。

その頃には、様々な規制が撤廃され、入居者の外出も許されていた。

「ちょっと、自宅の様子を見てきたいの」

晴恵はそう言って、施設スタッフが運転するミニバンで、自宅近くまできた。

「ちょっと様子を見てくるだけだから、ひとりで大丈夫」

付き添おうとするスタッフを断り、静かに車のドアを閉めて玄関の前に立った。

以前は塀を越えて枝を伸ばしていた庭木が、綺麗に剪定《せんてい》されていた。踏み石の隙間に生えていた雑草も、綺麗にひかれている。

気になっていた雨どいは、新しい物になっていた。

――これ、達彦が修理したの？

不意に、家の中から若い女性の声が聞こえた。

「えー？　お父さん、パンケーキも焼けるようになったの？」

孫の穂香の声だ。縁側のある和室にいるようだ。

「お父さんの作るハンバーグも絶品なのよ」

今度は雅代の声が漏れ聞こえてくる。

それに続き、達彦がひときわ大きな声で、

「今度は本格的なカレーに挑戦しようと思ってるんだ。本場のスパイスを取り寄せて」

と自慢げに言っているのが聞こえた。

「お父さんが料理するなんて、信じられなーい！」

食器洗いすらままならなかった達彦が、料理をできるまでになっているようだ。

感慨深く、自然と口許が緩む。

「私、来週はクリームシチューが食べたいな」

それは雅代の声だ。

「わかった。金曜までにレシピをチェックしとくから、そっちはフルーツでも買ってきてくれよ」

「了解。来週は、銀座で一番おいしい苺を買ってくるわね」

その会話から察するに、こうやって別居したまま、週末だけ行き来をしているのだろう。

その距離感がちょうど良かったのかも知れない。

三人の明るい声を聞く限り、家族関係は良好そうだ。

――良かった……。

ほっとしたところに、また中から笑い声がする。晴恵はつい、玄関のドアノブに手を掛けそうになった。彼らの笑顔をこの目で見て、もっと安心したかったのだ。

が、すぐに思いとどまった。

――私がここで顔を見せたら、せっかくの団欒《だんらん》が台無しになってしまう。

達彦の同居介護を拒絶した日のことを思い出し、晴恵はドアノブから手を離した。が、三人の笑い声があまりに心地良く、その場を離れがたい。

そんな未練を何とか引き剝がし、晴恵はそっと玄関先を離れた。

心配してくれたのか、門の外で待っていたスタッフが「入られないんですか？」と、尋ねる。

「邪魔しちゃ悪いから」

小さく笑ってその場を立ち去り、スタッフと一緒に施設の車に戻った。

やがて、車がゆっくりと家の前を離れる。

ついさっき、家の中から聞こえてきた楽しそうな笑い声が耳に蘇り、晴恵の心は満足感でいっぱいになった。

――たとえ達彦に憎まれても、これで良かったんだ。

息子と一緒に過ごした三ヵ月は、この先あの家で、ひとりで暮らす二十年よりも、ずっと貴重で、意味と価値があるものだった。

こんな年になって、心配をかけられ、尻ぬぐいをさせられたというのに、本当に満ち足りた気分を味わった。

何かあれば、今でも頼られたい、と本気で思っている。残っている貯金をはたき、自分は施設を追い出されて野垂れ死にすることになったとしても、それはそれで幸せなことだ、と。


その時、ふと目をやったバックミラーに、達彦の姿が映っていることに気づいた。道路に駆け出してきて、キョロキョロと辺りを見回している。

家の前を立ち去る時に、縁側のガラス戸から見られてしまったのだろうか。それとも虫の報せを感じたのだろうか。晴恵は困惑した。

「達彦……」

五十五にもなった息子が、坂道の真ん中に立ち、迷子になった子供みたいに母親を探している。その姿が切なくて、愛おしくて、涙が込み上げる。

バックミラーの中、達彦の姿が滲《にじ》んだまま、小さくなっていく。

「停めてちょうだい！」

無意識の内に叫んでいた。

「どうしました？」

ブレーキを踏んで、心配そうに振り返るスタッフに答えるのももどかしく、晴恵はシートベルトを外した。

達彦が泣きながら、こちらに走って来る。

が、車を降りた晴恵を見て、彼は一度立ち止まった。

迷子センターに迎えに行った時と同じように顔を歪め、肩で息をしている。

やがて、ゆっくりと足を踏み出し、晴恵の方へふらふら近づいてくる息子には、子供の頃のようなあどけなさも、かわいらしさもない。それなのに、胸の奥がぎゅう、と締めつけられ、涙が込み上げる。

どうしても、目から溢れ出るものを止められない。涙を堪えるのは、得意だったはずなのに。

――だから、嫌だったのよ。

一度でも涙をこぼしたら、何十年も栓をしていた涙腺は壊れた蛇口みたいになって、止まらなくなるとわかっていたから。

晴恵はそこに立ちつくしたまま、目尻を指先で拭い、呟いた。

「本当に……。最後まで、私の思い通りにならない子だね」

「母さん……」

達彦の嗚咽《おえつ》に揺れる声が、晴恵の鼓膜にはっきり届く。

その時、晴恵の脳裏に、ＳＮＳに書き遺したメッセージが蘇った。

噴煙を上げる桜島をバックに、フェリーの上で達彦と並んで自撮りをした写真の下に書き込んだメッセージだ。

それは見つけてもらえるかどうかもわからないまま遺した、息子への最後の言葉。

《達彦。母さんは、生まれ変わっても、やっぱりお前の母さんになりたい》

本書は書き下ろしです。

保坂祐希（ほさか・ゆうき）
2018年、『リコール』（ポプラ社）でデビュー。社会への鋭い視点と柔らかなタッチを兼ね備えた、社会派エンターテインメント注目の書き手。大手自動車会社グループでの勤務経験がある。著書に『大変、申し訳ありませんでした』『大変、大変、申し訳ありませんでした』（講談社タイガ）、『黒いサカナ』（ポプラ社）ほか。

「死《し》ね、クソババア！」と言《い》った息子《むすこ》が55歳《さい》になって帰《かえ》ってきました

第一刷発行　二〇二三年四月二四日

著者　保《ほ》坂《さか》祐《ゆう》希《き》
発行者　鈴木章一
発行所　株式会社講談社
〒一一二-八〇〇一
東京都文京区音羽二-一二-二一
電話
出版　〇三-五三九五-三五〇五
販売　〇三-五三九五-五八一七
業務　〇三-五三九五-三六一五

本文データ制作　講談社デジタル製作
印刷所　株式会社KPSプロダクツ
製本所　株式会社国宝社

定価はカバーに表示してあります。
落丁本・乱丁本は購入書店名を明記のうえ、小社業務宛にお送りください。
送料小社負担にてお取り替えいたします。
なお、この本についてのお問い合わせは、文芸第二出版部宛にお願いいたします。

ISBN978-4-06-531007-6
N.D.C.913 236p 19cm

保坂祐希の

大変、大変、申し訳ありませんでした

冷徹冷血で報酬は法外。
謝罪コンサルタントの山王丸は、
炎上必至の謝罪会見を裏から操り、
コーディネートする凄腕だ。
パワハラのワンマン社長の被害者、国民的清純派女優、
気鋭の女性研究者——
炎上を恐れて今日も様々な人が事務所を訪れる。

講談社
タイガ

洋食 SHIBA
ハンバーグ